Fædra
Herman Bang

Fædra
Copyright © JiaHu Books 2017
First Published in Great Britain in 2017 by Jiahu Books – part of
Richardson-Prachai Solutions Ltd, 434 Whaddon Way, Bletchley,
MK3 7LB
ISBN: 978-1-78435-219-6
A CIP catalogue record for this book is available from the British
Library
Visit us at: jiahubooks.co.uk

FØRSTE DEL:
FORHISTORIEN.
I.

Nu var Thorsholm alt, hvad Maag'erne havde tilbage. Før havde
skiftevis en Jens og en Jørgen Maag—de to var Slægtens
Yndlingsnavne—fra Thorsholm af eiet og styret over Landet fire
Mil i Omkreds lige til Fjorden, og Ætten havde hørt til de rigeste i
hele Jylland.

Syg efter Ære havde Slægten altid været, og ydre Glands elskede
de. Sønnerne holdt til ved Hove, og Døtrene fik bestandigt stort
Gift. Ogsaa til Udlandet drog de—de yngre Børn—og man havde
ofte hørt Ry af dem baade paa Valpladser og i Hofsale.
Kun to af Slægten var det gaaet ilde.
Erik var den ene. Høit var han steget i Gunst ved det fjerne Hof,
hvor han havde slaaet sig til Ro efter mange Eventyr, saa høit, at
Landet styredes mer af ham end af Kongen selv. Men saa en Dag
styrtede han dybt: Øxen knuste den Hals, en Dronnings Arme
havde omslynget.
Den anden var en Kvinde.
Ellen Maag var saare smuk med Slægtens krusede Mund og store
tungsindige Øine.

Velhavende var hun ogsaa—Maagerne var endnu rige—og Ellen
havde haft Beilere nok. Men hun havde kun Afslag til Frierne og
blev siddende hjemme. Saa hændte det en Sommer—da Jomfru
Maag var tredive Aar—at Kongens yngste Søn paa Vejen hjem fra
et fremmed Hof kom i Besøg paa Thorsholm. Den unge Prins var
nitten Aar og smuk, og han blev paa Gaarden i fjorten Dage.

Om Aftenen holdtes Taffel under Lindene. Men efter
Gæstebuddet gik Jomfru Ellen ofte ved Prinsens Arm, og de talte
fortroligt, mens det mørknede. Saa, naar Natten faldt ind, og
Gæsterne søvnigt brød op fra Drikkelaget, var Jomfru Ellen tidt
under Prinsens fagre Ord forsvundet under Humlehavens Ranker,
hvor Duften laa krydret og tung.
Da den unge Prins var borte, gik Livet paa Thorsholm igen sin
vante Gang, og Sommer blev Høst, og Lindealléerne, de blev gule
og tyndedes. Ellen var bleg og trist; sky for Mennesker blev hun
ogsaa, og tilsidst lagde hun sig tilsengs: hun vilde ingen se. En

Morgen fandt man hendes Lig i Graven.

Disse to var de Maagers Slægtsagn.

Men forfængelig og pragtsyg havde hele Slægten været og en egen Tørst havde den haft efter at naa det yderste i alt. Maade kendte de ikke i noget. Derfor kom der ogsaa Tider, hvor det gik tilbage med Ætten: snart bortsolgtes en Skov, snart afhændedes et Stykke Jordegods, for stort skulde det stadig være paa Thorsholm.

Christen Maag ødte Resterne. Det gik saa galt, at han solgte Gaardens Kobbertag for at skaffe Penge til sine Daarskaber dernede i Versailles, og da han kom hjem, lidt før den store Revolution, var han en forarmet Mand. Hans franske Tjener, en ung Knægt, som han havde fisket i Paris, og som forstod lige godt at bage Omeletter og at pudre et Haar, tættede for Vinduerne i det østre Taarn: og han polstrede Væggene med alle Husets gamle Tæpper—Maag var blevet svært kuldskær i Udlandet—og pakkede ud en Mængde Billeder af nøgne Hyrdinder, som sov paa Silkepuder, eller legede letfærdigt med Hyrder. Saa levede da Maag med Jacques, saaledes hed Tjeneren, baade Sommer og Vinter, godt gjemt bag de polstrede Vægge med de kælne Hyrdinder, og der gik adskillige Aar.

Men da de franske Soldater under Bernadotte kom herop, var der ved den Afdeling, som kamperede ved Thorsholm, en ung, sortøjet Marketenderske, som sang sydfranske Sange og havde Zigeunerblod i sine Aarer. Hun kom undertiden om Aftenen op til Jacques, der var en køn Karl endnu, og som altid havde en Flaske Cognac staaende i Køkkenskabet.

Maag saa hende nogle Gange og gav sig i Snak med hende. Det var saa længe siden han havde talt fransk med nogen kvindelig Person. Marketendersken sang for ham, og Sproget og Sangen fremelskede en Erotik, der vel nærmest smagte som Potpourri af gamle Erindringer, men som alligevel førte Jeannette til Altret med den gamle Maag.

Ægteskabet blev ikke lykkeligt.

Christen lukkede sig snart igen inde med Hyrdinderne fra Regentskabets Tid, og Jeannette led af Hjemvé. Hun blev mager og huløiet, og hendes Sind var tungt.

Til Tider tilbragte hun hele Dage i et af de forladte Taarne. Hun krøb op i Vinduet og sad paa Hug i den store Karm med Hovedet lænet til Væggen og Hænderne om sine Knæ. Saaledes sad hun i Timer. Og uden at hun vidste det, kunde Taarerne trille ned ad hendes Kinder, og hendes Læber hviskede sagte fortvivlede Ord.

Naar Jacques henimod Aften kom op for at hente hende ned, kunde han kalde flere Gange, før hun hørte det; eller hun vendte Ansigtet om imod ham, rystede paa Hovedet og blev siddende. Men sagde han saa, at Hr. Maag ventede, reiste hun sig altid stille og fulgte ham. Der var til saadanne Tider en blind Lydighed over hende.

Men til andre Tider kunde hun blive betaget af en ubændig Lunefuldhed, der svælgede i alle de mest modsatte Stemninger. Da sneg hun sig bort fra Gaarden, og hun strejfede milevidt om gjennem Skoven og over Markerne; eller hun betoges af krampagtig Graad, eller hun dansede i den øde Riddersal og sang dertil.

Men efter saadanne Dage blev hun altid dobbelt tung af Sind.

Da hun havde været gift med Maag i tre Aar, blev hun frugtsommelig. Under sit Svangerskab faldt hun Dag for Dag mere sammen, og hun døde strax efter Fødselen.

Arvingen til de Maagers Navn og Fattigdom var en Søn, Han fik Navnet Erik.

Der blev antaget en Amme, og hun og Jacques var de eneste, der tog sig lidt af Barnet. Christen Maag saa ham kun sjældent og Sønnen syntes ham helt ligegyldig. Saa voksede Erik op, som han kunde bedst; den eneste Lærdom, han fik, var det franske, han talte med Jacques.

De to var altid sammen. Om Aftenen sneg Erik sig ind i Tjenerkammeret, der var morsomt; Jacques holdt saa meget af at fortælle; om de glade Dage, da Herren og han var unge, om, hvor flot de havde levet i Versailles. Han veiede sjældent saa nøie sine Ord, Jacques, og det var oftest løierlige Ting, som den tolvaars Erik fik at høre.

Mens Jacques fortalte, drak han flittigt af den gode Cognac, der var saa rar mod Kulden. Erik fik en Slurk med, en til og en til—indtil han faldt i Søvn midt under Historien og sov med Hovedet mod Bordpladen.

Da Erik var tretten Aar, døde Christen Maag. Drengen sørgede ikke, han havde kjendt saa lidt til sin Fader. Han gik kun omkring underlig forskræmt og uhyggelig, saalænge Liget var i Huset. Og saa var han blevet saa bange for Jacques.

Han blev paa det Par Dage saa besynderlig gammel og rystende; gik omkring med rokkende Hoved og mimrede og snakkede med sig selv, Erik vidste ikke hvad. Liget lod han flytte ned i

Riddersalen, og han gik derinde og puslede hele Dagen.
Den sidste Aften før Begravelsen gav Jacques Erik en gammel
Kjole af Faderens og sagde, han skulde tage den paa. Den var
meget for stor, saa Skøderne næsten slæbte efter ham; Hænderne
blev borte helt oppe i Ærmerne.

Selv havde Jacques Pudderparyk og en gammel grøn frakke med
Guldbroderi, der var halvt slidt af og hang i Laser rundtom. Saa
sagde han, at nu skulde de til *Lit de Parade*.
Han gik iforveien og slog Dørene op til Riddersalen.
Men da Erik saa Faderens gule Ansigt i den aabne Kiste, strittede
han ud og vilde ikke ind. Han blev saa ræd.
Men Jacques greb ham om Haandleddet, saa han troede han
skulde synke i Knæ ved det,—og han førte ham hen mod Kisten og
Kandelabrene, der vare behængte med noget sort Flor. Erik kendte
det godt fra de gamle Portrætter, der havde det hængt om
Rammerne i mange Aar.

Drengen rystede, saa han næppe kunde gaa; og han kunde ikke
vriste Øinene fra Ligets Ansigt: man saa Gummerne i den tandløse
Mund.

Jacques blev ved at trække i ham, helt hen til Kisten.
Ræd lukkede han Øinene; da han aabnede dem igen, saa han hen
over Liget paa et Bord ved Hovedgærdet, og han stod pludselig
stille og stirrede. Paa et rødt Tæppe laa der helt fuldt af Handsker,
gamle Rester af Sløifer og Stumper af Slør. Men midt paa Bordet
stod der to Atlaskes Sko med Sølvbroderi; fra dem kunde Erik ikke
vende sine Øine.
Jacques gav sig til at synge af fuld Hals. Men Erik saa uafbrudt paa
Silkeskoene og fra dem hen paa det grøngule Ansigt og det store
malede Vaabenskjold paa Liglagenet over Knæerne. Det var det
store Vaabenskjold fra Vestibulen; der var Huller rundtomkring.
Erik havde saa tidt skudt til Skive efter det med sin Flitsbue.
Jacques knælede, og halvt uden at vide det gjorde Erik det
samme.
Tjeneren laa og mumlede og nikkede, og Erik begyndte at rokke
med Hovedet, mens Lysene osede; Lidt efter lidt tabte han
Bevidstheden og Hovedet faldt ned paa hans Bryst.

Men da han pludselig vaagnede ved at støde sit Hoved, der

dinglede, mod Fliserne, skreg han og fór hvinende ud af Salen.

Jacques gav sig til at pusle om Liget og samlede omhyggeligt alle Relikvierne sammen paa Bordet. Han kendte de fleste, og han gik og mumlede og smilte, mens han samlede det hele sammen i et lyserødt Flor og lagde det under Hovedgærdet. Der stod Skum ud af Christen Maags tandløse Mund, da Jacques løftede hans Hoved. Erik listede rundt ude i den mørke Gang, og hans Tænder klaprede, da Kistelaaget blev slaaet til.

Saa sov Christen Maag den evige Søvn med Hovedet hvilende paa sit Livs Relikvier.

Erik kom efter Begravelsen til Veile. Til Formynder fik han en Prokurator, der pryglede ham en hel Del og ellers lod ham løbe, som han vilde. Han kom i en lav Klasse i Skolen, og der sad han saa og drev og blev en lang, opløben Knægt med hørgul Manke og døsige Øine. Munden var de Maagers: en kruset, begærlig Mund, som lignede en Kvindes. Dorsk var han altid og halv søvnig: han havde en egen Lyst til at flyde henad Bænken. Han havde ingen Venner. Opdragelse fik han ikke noget af. Der kunde komme ind i hans Liv lige alt, hvad Tid og Lejlighed bragte. Men hvad han egentlig modtog af Livet, var vanskeligt at sige, thi han lignede nærmest saadan en stor Hund, der ligger doven og bare ser ligeglad paa det hele.

Da han var seksten Aar, kom han til Landvæsenet. Han pløiede, spiste overmaade meget og drak ikke mindre. Levede i det hele et stærkt animalsk Liv, hvor intet aandeligt kom op i ham. Efter nye fire Aars Forløb tog han hjem til Thorsholm og tog fat paa Driften. Han forsøgte sig i Studeopdrætning og bragte Avl og Indtægt ikke saa lidt op. Hans Selskab var Prangerne som købte hans Stude. I deres Selskab blev der drukket en Del paa Thorsholm. Som Tingene stod saadan, blev han pludselig gift. Hans Hustru var Datter af den rige Kjøbmand Lind i Veile, eneste Barn. Paa en Skovtur, Linds gjorde til Thorsholm Skove, saa hun første Gang Erik, der var tilhest. Da han red forbi, blev Dyret sky over den hvide Dug paa Grønsværet, og det saa ud, som skulde han kastes af. Men Erik beholdt Magten over Dyret. Saa gjorde Lind

Rytteren en Undskyldning og bad ham staa af og spise med dem. Erik takkede og stod af Hesten.

Under hele Maaltidet sad Erik og slugte Købmandsdatteren med Øinene. Hun var lille, ganske sart. Hele Ansigtet var kun de to store Øine, der saa saa langt—langt bort under de fine Bryn—saadanne Øine!

Da de saa havde spist, gik de gjennem Skoven ind i Haven.

Den var stadig forsømt. Krattet var vokset saa høit og frit mellem Lindene, at der var helt vildsomt og mørkt. Erik maatte slaa Grenene bort paa deres Vei.

Jomfru Lind gik varsomt, halv angst, bag efter de gamle. Erik blev veltalende: Han fortalte om Ellen Maag. Paa Gaarden skulde de sé hendes Billede.

Se, der var Lindene, hvorunder Kongesønnen havde spist. Der havde han siddet—og der laa den Gang Humlehaven—og der—

Saa holdt han inde forvirret ...

Men den lille blege Købmandsdatter spurgte ham, hvad der saa blev af.

Hun druknede sig, sagde Erik. I Graven der.

Nu maatte de sé Billederne i Riddersalen. Tak, ja—det vilde de gjerne.

Da de kom derop, gik Madam Lind og stirrede paa al de malede Fruers Stads, og gamle Lind talte, hvormange Billeder der var. Men Datteren hørte paa Erik. Der var en Historie om hvert Billede, og Erik fortalte. Og mens han fortalte, berusede han af sit eget Navn, der altid vendte tilbage, og han talte sig varm. Der var saa megen Fornemhed gemt i denne Sal.

Jomfru Lind hørte stille, og Erik blev ved at fortælle.

Det var en Admiral, der havde kæmpet paa et fremmed Hav ... Han havde været Rigets Marsk.—Han saa hen.

-De hører ikke efter, sagde han. Hun stod og drømte med Hænderne foldede.

-Jo, sagde hun og gyste lidt, jeg hørte godt. Og hun pegede paa et Billede og sagde: Det var jo ham, som blev halshugget?

Det begyndte at mørknes. Den gamle Købmand var blevet træt af alle de gamle Excellencer, og han og Konen gik ørkesløse rundt og talte Spindevævene og Laserne i Tapetet ... Saa mærkede de, der var Ekko i Salen og begyndte at raabe omkap.

Erik og Marie var ogsaa blevet færdige med Billederne. De kom ind i Taarnkammeret.

Marie havde aldrig før set Svinelæderstapeter og saa tunge Egetræsstole, at hun knap kunde flytte dem. Erik fortalte, at Lampetterne var fra Venedig—men al Forgyldningen var gaaet af —de var helt brune.

De var Present fra en Doge.

En Doge?

Ja—saa gamle.

Marie gik hen til Vinduet og faldt ned i en Stol. Hun skrev i Tanker sit Navn i Støvet i Vindueskarmen; ingen af dem talte.

Saa sagde hun: Hvor her er kvalmt, og Erik slog Vinduet op. Udenfor laa Haven mørk. Duften fra Lindene løste og løftede sig under den dugvaade Kølighed; steg op imod dem. Marie bøiede Hovedet frem:

-Hvor det dufter, sagde hun. Hvor her er smukt.

Hun støttede Ansigtet mod Vinduessprossen og stirrede ud i Haven.

Hun mærkede, at Erik bøiede sig dybere ned over hende, og hun følte hans Aande over sin Kind. Hun skælvede men flyttede sig ikke.

Erik aandede knap. Han stod hende ganske nær og turde ikke berøre hendes Haar med sin Haand ... Skælvede som hun.

Saa hørte de Nattergalen slaa i Lindegangen.

Da der igjen blev stille, reiste Marie sig pludselig. Hun vidste ikke af, hun havde grædt. Men Erik nærmede sig hendes Ansigt i Mørket, og han tog om hendes Hoved med begge Hænder og kyssede Taarerne bort fra hendes Kinder.

Hun gjorde ingen Modstand, lagde Kinden ind til hans; saa nærmede Erik sine Læber til hendes, og han berørte dem flygtigt, i let Svimmel.

-Marie—hvor er du—Marie ...

Den gamle Købmand raabte, og Erik slap hende. De vekslede ikke flere Ord, før Linds kørte bort.

Erik stod ved Leddet, da Vognen kørte. Da saa Maries Slør forsvandt bag Omdreiningen, vendte han sig, og mekanisk gik han tilbage til Taarnet.

Paa Stentrappen blev han staaende, og han lænede sig et Øjeblik til Gelænderet.

Hvor det dufter,—han hørte hendes Ord igjen—Hvor her er smukt.
Og atter og atter sagde han de samme Ord.

Men da han vaagnede op foran det aabne Vindu i Taarnet og følte Natteluften mod sit Ansigt, kastede Erik Maag sig ned i Karmen og hulkede som et Barn. Han fattede om Vinduesprossen med begge Hænder, og han hviskede hendes Navn, igen ... igen ... og han kyssede med hede Læber det kolde Træ.

Om Morgenen laa han sovende udover Karmen. Han vaagnede ved, at Solen stak ham i Nakken.—

Erik var forelsket.

Og det var en egen tung og hjælpeløs Forelskelse, som helt tog Veiret fra ham, og som næsten indjog ham Frygt. Det tog rent legemligt paa ham: spise kunde han ikke, og Driften havde han ingen Lyst til. Han sad bare i Lindegangen med det brændende Hoved i Hænderne og tænkte altid det samme om igen, og han klyngede sig til de samme Billeder, og han gentog de samme Ord. Han blev bleg, og sove kunde han heller ikke.

Den tredie Morgen sadlede han sin Hest og red ud ad Veien til Veile. Han maatte tale med Marie.

Ialfald derind—ind, hvor hun var. Og som om hans Længsel ikke kunde vente nu, da Beslutningen var tagen, jog han den jydske Hest frem, saa den badedes i Sved og Fraade.

Han *maatte* sé hende, bare at have set hende og saa ride hjem. Om det saa kun var i Smug at sé hende.

Bare at komme hende nær.

Saa følte han Varmen, ynkedes over Dyret. Sveden drev af det. Og han stansede for at lade det puste; vilde saa ride videre. Men Dyret maatte dog gaa langsommere.

Hvad vilde han saa hos Linds? Lade sig takke for sidst. For andet —nei—andet turde han ikke ... Dyret gik helt langsomt. Tøilerne faldt Erik af Hænderne.

Saa da han naaede Byens Mark, vendte Erik Dyret. Men da han kom op paa Bakken, dreiede han Hovedet. Der laa Byen—og der ... omtrent ved Kirken—laa Linds Gaard ... Ja, der med Skorstenen.

Saa red han hjemad. Og han red rundt i Skoven den hele Dag, Dyret lod han græsse lidt paa Haraldhus Eng, steg saa igjen til

Hest; red rundt, snart mellem Træer, snart ad Veie, tænkte ikke derover. Da Aftenen kom, holdt han igen paa Bakken ved Veile.

Solen var gaaet ned og de blaalige Skygger fra Skoven gled langsomt hen over Markerne. Aaen skinnede gennem Engene. Erik følte sig saa uendelig træt.

Han stod atter af og førte Hesten ved Tøilen og pludselig vaktes han ved at høre Byens Stenbro under dens Hove.

Han blev ved at gaa ved Siden af Hesten; taus gav han Dyret til Gæstgiverens Karl og gik om ad Gyden langs Haverne.

Der var en Duft af Tjørn og Syrener. Ganske tyst, thi alt var til Ro. Han løftede Klinken til Linds Have og sneg sig ind.

Han listede frem, og kom han til en Lysning, sneg han sig bøiet tæt langs med Buskenes Skygge. Hans Hjerte bankede, han trykkede Hænderne mod sit Bryst, og han blev angst for Lyden af sine egne Skridt.

En Hund gøede i Huset, og han foer sammen som en Tyv. Hørte saa Skridt i Gangen. Han trykkede sig op imod Buskene og saa Marie.

Han kunde ikke tale. Stod med bøiet Hoved og Hænderne knuget sammen, som om han foldede dem.

Hr. Maag—hvad vil De her—Marie talte sagte, strakte Hænderne afværgende frem—Hvorfor er De kommen?

Men ved Lyden af hendes Stemme saa Erik op. Der laa tusind Bønner i hans Blik. Og med et Suk sank hans store Legeme ned foran hendes Fødder.

Og mod hendes Kjoles Sømme trykkede han sine Læber, mod hendes Hænder, mod Jorden, hvor hun stod—i elskovssyg Tilbedelse.

Marie vilde fly; sagde: Maag—men Maag ... med en Stemme fuld af Graad.

Saa lod hun Armene slapt synke ned paa hans Skuldre.

Den næste Dag bad Erik Maag gamle Lind om Maries Haand. Lind gav sit Samtykke og lovede at holde Brylluppet til Høsten.

Til den Tid drog Marie ind paa Thorsholm som Eriks Brud. Det meste af Huset var istandsat for gamle Linds Penge; der var nye Rammer om Slægtsbillederne, og alt det gamle Skrammel havde Marie ladet pudse op.

Hun havde ogsaa faaet ladet hugge to nye Ulve til Indkjørselen, for baade Skjoldene og Vaabenet var for længst faldet de gamle af Kløerne.

Det var Slægtsglandsen, som havde betaget Marie. I denne store og øde Sal, hvor hun havde vandret med Erik, der havde jo alt det levet, hvorom hun havde læst. Her havde de færdedes, hendes Drømmes Helte, her de stolte Fruer. Og de var alle af Eriks Slægt. Saa gled han saa sikkert ind i hendes Sind, i Selskab som han kom med alle hendes Drømmebilleder, der blev levende; og paa det blev hun hans Hustru.

Ægteskabet blev lykkeligt. Erik bar hende paa Hænder.

Da Marie blev frugtsommelig, gik hun Dag efter Dag med sin Mand under Riddersalens Billeder for at vælge Navnet til den Søn, hun bar under sit Hjerte. Efter de berømmeligste maatte han opkaldes.

Men da Tiden kom, fødte Marie en Datter og døde samme Dag. Eriks Sorg var saa voldsom, at de frygtede, han skulde miste Forstanden.

Barnet vilde han ikke sé.

Da det var svagt og skrøbeligt, lod Madam Lind det hjemmedøbe og gav det i Daaben Navnet Ellen. Hendes eget Navn.

Hun skaffede det en Amme og sørgede i det hele for Barnet, hvad der var nødvendigt nok. Thi Erik var bare opslugt af sin Sorg og tænkte kun paa Gravmælet til Marie. En stor Marmorsten blev reist midt i Granlunden i Thorsholm Skov, og under det Marmor lod Erik sin Hustru begrave. Der hvilede hun bag et kostbart Gitter, med de Maagers kronede Skjold over Navnet Marie.

Men da Madam Lind var reist, var der just ikke mange, der brød sig stort om lille Ellen.

* * * * *

II.

Ellen Maag var tolv Aar, udviklet som Børn er flest i hendes Alder, smal over Skuldrene og lidt opløben. Men hun havde, Ellen, en egen Maade at bære Hovedet paa, saadan lidt paa Skraa, med Nakken en Smule tilbage—som var ældre end Aarene. Folk sagde, hun var et trodsigt Barn. Det var dog en Trods af en egen Art. Helt stilfærdig. Da ingen befalede over hende, havde hun forresten heller ingen at lyde. Men hændte det hos Lærerinden, hvor hun læste med Justitsraadens Døtre, at en eller anden kom hende for nær og kaldte hende for "Prinsessen"—hendes Øgenavn—saa kunde der vel komme et Glimt i Ellens øine, som gjorde den høitalende bange. Ellers var hendes Øine mærkelig døsige, med halvlukkede og tunge Laag. Og Blikket var besynderlig svømmende vagt, som saa det ikke, og sad hun hen og glemte sig i Tanker, kunde det blive forunderligt stirrende—lige som en Søvngængers. Barneøine var det ikke.

Forresten havde Ellen heller aldrig rigtig været Barn. Hun havde gaaet dèr hos Bedsteforældrene, hvor Madam Lind forkælede hende, og gamle Lind saa op til hende med en underlig trælsk Respekt, fordi hun hørte med til dem paa Thorsholm og hed Maag. Gamle Lind var en Særling.

Han var hjemmehørende i Norup ude ved Thorsholm; de sagde, han begyndte med at vogte Kvæg. Vist er det, at helt tomhændet var han, da han kom ind til Veile og gik Gaardskarlen til Haande hos Kruses. Men siden blev han selv Karl, og han fik det store Ord baade ude og inde. Han var ogsaa en smuk Knøs at sé til og ferm til sin Gerning, og der blev snakket baade det og det om ham og Madam Kruse. For hun var ung endnu, og Kruse var henved de halvfjerds.

Men hen i Aarene saa man jo nok, det kun var Sladder, for da Tiden gik, og Datteren Ellen voxede til, laante Niels—han havde nu taget Navnet Lind (egenlig hed han jo bare Niels Mortensen) og forestod Kramboden, for gamle Kruse begyndte at gaa i Barndom —Ellen mange venlige Øine og Folk talte meget om de to.

Saa en smuk Dag blev der Bryllup hos Kruses i Hui og Hast: det var gaaet galt med Jomfruen. Gamle Kruse mærkede ikke stort til det hele, han var som sagt blevet saa svært gammel, men Madammen græmmede sig, saa hun blev graahaaret, og der var dem, der sagde, hun var ikke rigtig ved det ligefra den Bryllupsdag.

Aaret efter døde hun, og Lind tog hele Styret. Hans Kone blev saa sær efter Moderens Død, besynderlig lyssky og skræmt. Saa skaltede Manden, som han vilde, og de blev rigere Dag for Dag.

Fem-seks Aar efter Brylluppet brændte det for Lind. Han havde længe ønsket, det vilde tage fat i den gamle Kasse, og saa tog det fat en stormfuld Augustaften, inden Kornet endnu var kommet i Hus. Alt var derfor saa heldigt, som muligt; det værste var, at gamle Kruse brændte inde, men han vilde jo alligevel nok være død inden længe.

Lind byggede alt op fra nyt—Assurancen havde været meget høi

—og gjaldt nu for Byens rigeste Mand.

Noget efter blev Marie født. Hun fik den bedste Opdragelse, der kunde skaffes, og hun kunde vikle Faderen om en Finger. Saa giftede hun sig med Erik Maag og døde.

Al Forkælelsen overførtes da paa hendes Datter. Og Ellens Forkælelse var af en egen Art. Thi det var, som om al Bondekarlens Servilitet overfor sit Herskab vaagnede hos gamle Lind overfor Datterdatteren. Han levede saa at sige evig med Huen i Haanden for sit eget Barnebarn. Tjenestefolkene kaldte hende Frøken; hun havde sit eget Værelse, hvor de Maagers Skjold prangede baade over Speile og paa Puder, og Lind holdt af at kalde hende for Spøg: Deres Naade, ligefra den Dag, hun var blevet indskrevet i Valø.

Saaledes blev Ellen forkælet af begge Bedsteforældrene: af den ene pyldrende forknyt, af den anden underlig pretentiøst: og det hele virkede eiendommelig paa Barnet.

Hun kom til at staa Bedsteforældrene fjærnt og følte sig tidlig som noget andet og bedre end de. Mod Bedstemoderen kunde hun nok være kærlig. Men naar Madam Lind, hvad saa ofte hændte, sad stille hen og græd, og Ellen reiste sig fra Forhøiningen, hvor hun sad, og gik hen og kyssede hende og klappede hende paa hendes hvide Haar og trøstede hende, da var der dog altid i hendes Kærtegn noget overlegent, næsten noget nedladende.

Med Bedstefaderen talte Barnet sjældent. Hun foragtede ham med Børns Instinkt. Maaske skyldtes det ogsaa noget Forholdet til Thorsholm.

Gamle Lind havde altid kun haft Haan tilovers for Erik Maag, og han saa i Ellens Fader ikke andet end "Fattigkarlen", der snart maatte gaa fra Gaarden. Den gamle Pengepuger hævnede sig paa Faderen for al Trælskheden mod Datteren. Han kaldte just ikke Maag med de kønneste Navne i Barnets Nærværelse.

En Dag kom der ved Middagstid ridende Bud fra Thorsholm med et Brev, Anmodning om et øieblikkeligt Laan. De Anmodninger kom altid som Lyn og maatte følges strax.

-Saa, nu skal han igen paa Porten, faar han ikke Penge, sagde Lind.

-Hvormange, spurgte Madammen.

-Aa—Satan—han slog til Tallerkenen—og saa kan den Usselhund ikke en Gang hente dem selv …

-Mener lille Bedstefa'er, Papa, sagde Ellen, hun havde reist sig.

16

Lind saa lidt over.

-Saa kan jeg bringe Papa Pengene. Vil Bedstefader maaske la'e spænde for? Og Ellen gik fra Bordet, purpurrød. En Time efter kørte hun til Thorsholm i Kalechen. Da var hun elleve Aar.

Forresten kom hun sjældent til Thorsholm. Faderen havde igen slaaet sig paa Prangerne, og det gik ofte lunt nok til paa Gaarden. Han reiste ogsaa rundt til alle Markeder og drog tit til Kros—man maatte altid gøre endel for Bedriftens Skyld.

Rødkindet var han blevet og meget svær.

Kom Ellen til Thorsholm, var hun mest alene. Gik rundt paa Gaarden og i Huset; sin bedste Tid tilbragte hun i Riddersalen. Den gamle Pige—hun havde oplevet Hr. Christens Tid, og hun havde sin Viden fra Jacques—fortalte hende vidt og bredt om Billederne. Meget af, hvad hun fortalte, forstod Ellen slet ikke, men det vidste hun, at alle de store Mænd var af hendes Slægt, og naar hun siden kom hjem til Veile, fyldte hun alle Bøger med Storheden fra Thorsholm.

Den skønneste Historie, det var den om Dronningen; hun gyste saa angst, naar hun hørte den, og hun syntes, hun kunde se Blodet fra Erik Maags Hals ... saa rindende ned over Kniplingerne ... men altid og altid vilde hun høre Historien igen.

Hun fik Lov til at gaa hvor hun vilde i Huset. Kun i det østre Taarn var der lukket af. Det var den gamle Herres Værelse, og der kom ingen ind. Pigen sagde, det spøgede.

Faderen var oftest ude; var han en Gang imellem hjemme, var han tidt i et mildt sørgmodigt Lune. Saa gik de sammen ned til Moderens Grav.

Den laa i Haven. Man gik langs med Bækken gjennem Bøgelunden. Indtil det mørknede, og Stien snoede sig mellem Granernes slanke Træer, hvor der var ganske tyst.

Der paa en aaben Plads laa saa Graven. Der var et Flor af Roser foran
Marmormonumentet.

Faderen viste Ellen Gravstenen og lod hende læse Indskriften for sig.

-Læs den igen, sagde han. Og Ellen læste:

MARIE AF MAAG FØDT DEN SJETTE AUGUST 1829. DØD DEN FEMTE NOVEMBER 1851, ELSKET UD OVER GRAVEN.
indtil hun var ved at græde.

Saa gentog Maag det sagte, satte sig paa Græsbænken ved Stenen og glemte Barnet.

Ellen saa paa ham, gik til og fra, klappede ham og stirrede igen paa Monumentet med det store Vaabenskjold. Tilsidst begyndte hun at kede sig; og spurgte om det og det og fik intet Svar. Saa kunde det hænde, hun blundede lidt i Sommervarmen, med Hovedet op til Marmorstenen, mens Myggene summede.

Naar hun da vaagnede ved en Susen i Granerne, fór hun op.

-Fader, sagde hun og tog i ham: Fa'er.

-Hvad vil du—

-Skal vi ikke gaa hjem? Det bliver mørkt.

-Saa? Ja det er blevet silde.

Og de reiste sig og gik bort mellem Granerne.

Andre Dage kunde Maag være livligere.

Han tog Ellen med sig paa Kjøreture rundt i Egnen. Hun var altid angst for de Kjøreture. De holdt saa tit, saa ved den Gaard og saa ved den, og mens Ellen kom op i Storstuen og fik Kleiner og Kirsebærvin, blev Faderen i Mellemstuen og drak Velkomst. Angst lyttede hun efter naar de klinkede.

Kom, Fa'er, sagde hun. Hestene bli'r utaalmodige—og vi skal hjem.

Ud paa Eftermiddagen gik Ellen ikke mere ind. Faderen var saa rød og saa høirøstet. Hun var bange for hans Øine. Hun blev i Vognen og hun trykkede sig rystende op i et Hjørne af Kalechen i dump og fortvivlet Angst. Naar saa Faderen kom ud, rødblisset og stortalende, sad Ellen stum, uden at svare, med tørre Øine. Graaden stemmede op i hendes Hals.

Og Faderen blev ved at snakke op, indtil han snorkende faldt sammen.

Men vaagnede han ved et Skump af Vognen, raabte han til Kusken om et ny Holdested, og om Aftenen sluttede han af i en Kro.

Da ventede Ellen i Vognen. Men naar Faderen blev forlænge borte, kunde hun ikke blive siddende derinde. Hun slog Overlæderet tilbage, og sagte sneg hun sig ud af Kalechen. Hun gøs ved at høre Støien fra Skænkestuen, og i Skyggen af Vognen gled hun hen til Huset. Hun skelnede Faderens Stemme mellem de andre og skælvende krøb hun op, holdt sig fast paa Kælderhalsen, og saa ind i Gæstestuen med Ansigtet trykket mod Ruderne.

Der sad han—Aa hvor han lo—med Haanden i Lommen og

udspilede Ben ...

Vesten var knappet op ... saa han rystede og Signetet hoppede paa Maven ...

Ellen hørte hans Latter, og hun slap Kælderhalsen og sløv faldt hun sammen og satte sig paa en Sten i Skyggen. Hendes Hjerte var koldt af en ubeskrivelig Kummer.

Saa reiste hun sig, sneg sig tilbage til Vognen, løftede Overlæderet og gemte sig i Mørket for at græde.

Der var dog ogsaa lyse Minder fra Thorsholm.

En Gang i Julen—Ellen var allerede næsten tretten Aar—hentede hendes Fader hende uventet om Morgenen. Der var en heftig Ordstrid, inden de kom afsted. Ellen græd, Bedstemoderen græd, og gamle Lind skændte; men saa fik hun sin Peltskaabe paa og kørte.

Faderen talte næsten ikke paa Turen; da de kom hjem havde han mange Pakker med i Vognen og meget at ordne.

Ellen var saa vant til at være alene. Hun gik ned til sin Moders Grav med en Krans af Christtorn, den gamle Pige havde bundet, og saa langs med Veien til Nørup.

Maagernes Familiebegravelse var der i Kirken, i Kælderen, under Koret.

Gamle Linds Forældre laa begravet paa Kirkegaarden, med et prunkende Kors, Sønnen havde reist paa Graven. Ellen havde Blomster med fra Veile og lagde dem paa Gravstedet.

Hun stod og læste sagte Navnene, Morten Nielssen og Ane Pedersdatter og Indskriften, et langt Skriftsted. Saa gik hun hen til Kirken ved Koret, hvor Gravkapellet var, og hun lagde sig ned paa Sneen for at kigge ind ad det gitrede Vindue. Der kom en muggen Luft ud fra Mørket. Og pludselig løb hun tilbage til Linds Grav, samlede Blomsterne sammen, hun havde ordnet om Korset, og hurtigt, en for en kastede hun dem ind gennem Gitret til Maagerne.

Da kun kom hjem, spiste hun alene. Hun spurgte ikke, hvor Faderen var, eller om han var kommen. Hun vidste, hvor han pleiede ... Hun sad alene ved Bordet i den store Stue, spiste og lod Pigen tage ud. Den gamle gik forbi, talte til hende og søgte at klappe hendes Haar; hun drog Hovedet bort.

Hun satte sig i Dagligstuen foran Ilden. Hvor den slikkede Brændet ...

Hvor er han dog? Mon han dog ikke kom hjem?

Hun begyndte at gaa op og ned ad Gulvet med Hænderne paa Ryggen. Hun virrede med Hovedet, som jog hun Fluer fra sit Haar, og hun trampede haardt i, naar hun gik.

Hvorfor havde han saa hentet hende—hvorfor? naar det blot var, for at hun skulde sé ...

Hun satte sig igen foran Ilden, gav sig igen til at spadsere.

Saa just, da hun dreiede om ved Vinduet, kom Faderen ind med Lys. Det blændede hende.

-Er Du kommen?—Hun kunde næppe tale, saa glad blev hun. Jeg troede ...

Hun mærkede, han havde ikke drukket.

-Aa—at du kommer.

Han lo:—For jeg har slet ikke været ude—sagde han.—Kun gjort i Orden til iaften.—

Ellen saa paa ham.—Til iaften—?

-Ja—-ser du ikke, hvor jeg er fin—sagde han,—vi har Fest idag, i Riddersalen.—Faderen havde sort Kjole og hvidt Slips.

-Men vi to alene, Fa'er?—Ellen lo: Det havde hun aldrig hørt.—Og ingen andre?—

-Vi to. Ja—der er færdigt—sagde han. Han bød sin Datter Armen og gik over Gangen. Pigen ventede og slog Døren op.

-Men, Fa'er.—Ellen slap hans Arm,—har du tændt i Kronerne— ... Hvor det straalede.

-Ser du ikke din Moders Billede—? sagde Maag.

-Jo—der var det.—Det er nyt? sagde hun.

Men—Fa'er—naar har du faaet det?

-Ja—jeg har faaet det malet, sagde Faderen. Han havde foldet Hænderne og stod foran sin Hustrus Billede.—Hvor hun er smuk sagde han. Det ligner hende. Saaledes saa hun ud.

Han stod længe, og pludselig dækkede han Ansigtet med sine Hænder og græd.

Ellen gik hen til ham. Han mærkede hende ikke. Men da hun hvidskede: Fa'er og lagde sit Hoved ind til hans Bryst, sænkede han Hænderne; de faldt ned paa hendes Skuldre.

-Hvorfor skulde hun ogsaa dø, sagde han, og—jeg blive—en slet Fa'er.

Ellen sagde intet, hendes Øine bleve fulde af Taarer, og hun knugede sig fast ind til sin Faders Bryst.

De græd, støttet til hinanden. Saa begyndte han gjennem Graaden at fortælle hende om hendes Moder, om deres Liv, om hendes Skønhed og deres første Møde.

Og mens de talte, gav de sig til at gaa op og ned ad Gulvet ved Siden af hinanden, han holdt sin Arm om hendes Hals.

Han førte hende ind i Taarnet og viste hende Vinduet, hvor de den Aften havde staaet; Stedet i Karmen, hvor hun havde ridset sit Navn ... Og hun havde lænet sit Hoved der mod Sprossen, og han havde slaaet Vinduet op.

-Men da var det Sommer, sagde han. Han satte sig paa den høiryggede Stol ved Vinduet og saa ud. Maanen var kommen op. Dens Skær lagde en blaalig Glands hen over Plænernes Sne. Maag støttede sig til Karmen og stirrede længe ud. Ellen saa, at han græd paany, og hun sagde:

-Her er koldt, lad os gaa ind.

-Ja—det er koldt. Maag vendte sig og uden at tale vendte de tilbage til Salen og begyndte atter at gaa op og ned. Faderen talte om Billederne, udpegede de enkelte, fortalte deres Historie.

Han havde tjent ved Hoffet og han været Rigets Marsk. Hans Frue, Damen der, med Bønnebogen og de store Øine—hun var kendt som den skønneste Kvinde i Landet.

Ellen havde lagt sin Arm i Faderens; pludselig standsede hun og pegede paa et Billede paa den modsatte Væg. Hun ligner mig, sagde hun. Ikke sandt.

-Dig—hvem—det var Ellen Maag, som han saa. Sorgfuld, Rosenkransen i de hvide Fingre og—hans Datters Øine løftede fra Bogen.

Han blev staaende betaget.

-Hvad hed hun? spurgte Ellen. Og da han ikke svarede, sagde hun igen:

-Var hun ulykkelig, Fader?

Faderen slap hendes Arm og vendte sig. Det er Ellen Maag, sagde han.

Da de havde spist, gik han ind og hentede et gammelt Skrin af Skildpadde med Forsiringer af Sølv. Det var en Gave fra en af Frankriges Konger, kostelig indlagt, med et kongekronet L. paa Laaget.

Skrinet var fuldt af gamle Smykker, brede Halskæder og Bælter med ædle Stene, Resterne af de Maagers Glans. Han fortalte, hvem de havde tilhørt, og naar de var skænket.

Ellen saa paa Smykkerne, som de laa der straalende i Rad paa Bordet, begyndte at sammenligne og veie dem i Hænderne ... Hun følte næsten Ærefrygt, naar hun tog dem. Der var gyldne Spænder med de Maagers Navnetræk sammensat af funklende Stene, og Kæder, hvor Slægtens eget Skjold vekslede paa de sammensatte Led med de Billers og Hvidernes Lillier. Der var Ringe og Baand til Armen og Rosetter til Atlaskes Sko.

Saa rev Ellen pludselig Haaret ned, saa Fletningerne faldt om hendes Skuldre, og hun fæstede hurtigt et Par Kæder om Hoved og Hals.

-Hvad vil du, sagde Faderen.
Hun lo og løb ud.
Maag havde reist sig, gik frem og tilbage. Han saa paa sin Hustrus Billede og vendte sig igen til Ellen Maag. Denne Lighed forfulgte ham.

-Hvorfor blev hun ogsaa kaldt Ellen? Der var Navne nok—man havde burdet kalde hende Marie.
Han gav sig igen til at gaa.
-Men egenlig lignede de alle hinanden, Portræterne. Det var den samme Mund, fyldig rød—lysten og træt, det samme Blik under tunge Laag hos dem alle.—De var saadan, Kvinderne af de Maager —

Han begyndte at sammenligne, at ville finde Ligheder, syntes saa, at nogen mumlede bag ved ham og dreiede Hovedet.
Han saa Datteren ligge foran Ellen Maags Billede ... Der laa hun foran sin Navnes Maleri, med løftet Blik over Bønnebogen, sort indhyllet, med Rosenkrans mellem de foldede Fingre ... Som om Ellen Maag var steget ned fra sin Ramme.
-Ellen, Ellen.
Han foer hen imod hende, rev Rosenkransen ud af hendes Fingre og stødte til hende, saa hun faldt om paa Gulvet.
Ellen gav sig til at le, sprang op igen og kastede Psalmebogen: Kan du saa sé, jeg ligner, sagde hun, lo stadig og lod sit sorte Gevandt slæbe henad Gulvet. Jeg havde jo det Tableau hos Justitsraadens anden Juledag.
Maag besindede sig og taug.
Men lidt efter slukkede han Riddersalens Lys.
Et Par Dage efter kørte Maag Ellen hjem til Veile. Naar Ellen kom tilbage fra Thorsholm, var hun altid tausere end sædvanlig, talte ikke med nogen. Var det Sommer, søgte hun ud i Haven i

Lysthuset, som Madam Lind kaldte "hendes Moders Lysthus". Hun vilde ikke spørges ud om noget paa Thorsholm, og hun kunde ikke holde ud at se paa Bedstefaderens graa Klædeskasket og den rødbrune Paryk, som sad skævt.

Hun hadede Butiken mer og mer: denne fedtede mørke Bod med sine Sild og sine uldne Tørklæder og den evige Stank af Skraatobak og gammel Lampeolie. Og Bønderne, der trampede ind med deres Træsko og skændtes om Tøndemaalet eller pruttede om et Stykke Sirts. Undertiden, naar hun kom derind; for at hente et Stykke Papir eller Avisen, kunde hun standse i Døren og lytte til en Handel. Det var en Kone, som pruttede om to Skilling, og Svendene bandede og svor, at det var det billigste Køb. Og saa tilsidst, naar Konen var kommen hen til Døren, kaldte Svenden hende tilbage og slog den ene Øre af; og Konen vendte tilbage og følte igen paa Tøiet med: "Næ"—og "Li'eveller"—og Kampen begyndte igen om den sidste Skilling—

Men vilde hun saa ikke handle, og var hun med sine Pakker allerede helt ude paa Trappen, gav Svenden Køb og Konen fik Tøiet —

En Dag spurgte Ellen Svenden: Sælger vi det da uden Fortjeneste? Svenden lo ... Nei, det var sat fire Skilling op for Prutningen, Vi kender da nok Maren Peer's.

Ellen saa paa ham. Ved Bedstefader det? spurgte hun. Svenden kunde slet ikke svare for Latter ... Saa er det Bedrageri, sagde Ellen. Siden den Tid kom hun aldrig mere i Butikken.—

Om Aftenen efter, at hun var kommet hjem fra Thorsholm spurgte Bedstefaderen hende, om hun havde bragt Blomsterne op paa Kirkegaarden.

Ellen lod, som hun ikke hørte det. Hun havde ikke talt til Bedstefaderen, siden hun kom hjem. Men han spurgte igen:

-Bragte du Blomsterne op?
Hun blev en Smule rød;—Ja, jeg bragte dem.
-Var der megen Sne? spurgte Lind igen.
-Jeg ved ikke. Pludselig saa Ellen op: Men jeg lagde dem ikke paa jeres Grav, sagde hun.

-Ikke paa Graven? han flyttede Piben, hvor Satan da?
Hun saa lige paa ham: Jeg kastede dem ind i Hvælvingen, sagde hun.

Gamle Lind blev meget rød og tog Piben af Munden, men saa betvang han sig og tav lidt. Var du osse denne Gang ude at køre med din Fader? sagde han langsomt.

Ellen forstod. Nei.—Hendes Stemme var rolig—det var for koldt, lille Bedstefader.

Nogle Maaneder ind i dette Aar just som Ellen havde fyldt tretten Aar, døde Madam Lind. Den sidste Dag, hun levede, kom Justitsraaden derned, og der blev talt længe inde i Sovekamret. De sagde, der var blevet opsat Testamente, som gjorde Ellen Maag til Arving af det hele, naar gamle Lind en Gang var død, men rigtig Besked vidste ingen.

Der var blevet ganske stille i Huset. Butiksklokken gik ikke mere; Svendene sad hver i sin Krog med Albuerne paa Disken og gloede maabende paa Folk, som gik forbi, stadig paa det andet Fortoug, og skævede til Vinduerne.

Inde i Stuerne gik Pigerne paa Hosesokker henover Tæppestrimlene fra Dør til Dør.

Og under Stilheden hørte man en ustandselig Dikken, af alle Uhrene ligesom om Natten.

Ellen var forskræmt. Hun havde faaet den gamle Psalmebog i Hænderne, og hun sad og stirrede paa dens store Skrift uden at læse. Men en Gang imellem tog hun Fart og gav sig til at mumle Versene.

Saa blev hun kaldt ind.

Da hun kom ind i Kamret og saa Bedstemoderen, ubevægelig paa den hvide Seng, greb hun krampagtig om Dørstolpen og vilde vende om.

Bedstemoderen vaktes ved Støien: Er det dig? sagde hun stille. Er du bange for mig? Ellen blev staaende.

-Kom herhen. Ellen gik, og hendes Hænder sank klamme ned i Bedstemoderens Haand, som raktes frem imod hende ... Nu er det ordnet, altsammen ordnet.

Bedstemoderen sukkede dybt, og hun løftede sin matte Haand op imod hendes Hoved og rørte hendes Haar: Ellen—mit Barn.

Hun Følte den døendes Haand paa sin Pande og skælvede. Og fattende første Gang alt, hvad hun nu skulde miste sank Ellen Maag hulkende ned foran Sengen.

Bedstemoder, Bedstemoder! Og i afmægtig Sorg greb hun den

døendes Hænder og hun kastede sig frem over Sengen: Bedstemo'er, hvad skal vi dog gøre? Bedstemoder, dø ikke—

Den døende løftede Hovedet, begge de famlende Hænder vilde fatte om Ellens Hoved, og hun nærmede hendes Ansigt til sit som for at sé. Lille Barn, sagde hun, er du saa bedrøvet? Hun faldt tilbage med et Smil om sin Mund. Jeg havde ikke troet det ... Tak, sagde hun. Gaa nu.

Ellen reiste sig, men Bedstemoderen greb igen hendes Arm, tvang hendes Hoved ned mod sit Ansigt og forsøgte at tale ... Saa var hun død.

Vaagekonen fandt Ellen paa Gulvet, besvimet udstrakt foran Sengen med hendes Bedstemoders Lig.

... Ellens Sorg var i de første Dage heftig og urimelig. Hun vilde ikke skilles fra Liget, og hun fik Krampe, da Kisten blev bragt ind i Huset. Efter Begravelsen blev det bestemt, at hun efter Sommerferien skulde hjem til Thorsholm. Maag vilde forskrive en fransk Guvernante fra Genêve og antage en Husholderske.

Hele Sommeren, til hun tog bort, tilbragte Ellen sine Aftener oppe paa Kirkegaarden ved Bedstemoderens Grav, og hun bandt hver Dag Krandse til at hænge om Korset.

Saa i Slutningen af August tog hun hjem til Faderen.

III.

Ellen elskede Riddersalen. Der kunde hun være alene. Hun kunde sidde med Hovedet støttet i sine Hænder den lange Sommereftermiddag, fortabt i sine Drømme uforstyrret.

Ellen var ikke lykkelig med sine femten Aar.

Den første Tid hun var paa Thorsholm, havde hun kæmpet med Faderens Svaghed. Hun var sammen med ham om Dagen, hun var hos ham om Aftenen, hun vaagede over ham altid.

Hun havde ladet Meubler flytte ind i Værelset i det østre Taarn. Saa sendte hun Guvernanten bort, og de to blev alene. Hun sad med sit Arbeide, Ansigtet bøiet ind under Lampen: Faderen røg med Cognacsflasken foran sig ... Det var Ellen, der talte. Alt det, hun kunde finde, løst og fast, blot hun vidste noget at fortælle ... Maag sad og hørte, dorsk med Albuerne paa Bordet, og gød Røgskyer ud i Strømme. Men naar han saa havde faaet fat paa Glasset og ilfærdig tømt det og sat det ned, saa kom der stødvis en hakkevoren, flovt-forfjamsket Snaksomhed over ham, mens han blandede det næste Glas, fik Sukkeret opløst og sat Smag.

Ellen dukkede sig dybere over Arbeidet.

Saa begyndte hun at spørge ham. Det var altid om Moderen. Og der var Aftener, han kunde glemme Drikken; han gav sig til at gaa op og ned ad Gulvet, han talte sig ind i Minderne, blev saa atter taus, mens han blev ved at gaa ... Og Ellen følte hvert Minut som en Jubel.

En Aften, da hun bragte Glasset ind, sagde hun, at hun vilde lave hans Toddy. Hun gjorde den ligesaa stærk, som han pleiede. Maag smagte paa den: Du gjor den kraftig, sagde han, meget for kraftig. Han blandede Vand i. Meget for kraftig.

Og han sad og smækkede med Tungen og aandede, som om det brændte ham.

Det er jo ellers bare Vand, man skyller ned, sagde han, for at fordrive Tiden. Han blandede bagefter selv et Glas: hun skulde smage. Rent Sukkervand til Tidsfordriv, sagde han og smilede med sit sky Smil. Ellen rørte Drikken med Læberne.

Ellen holdt flere Aftner Drikken lige stærk, gjorde den først langsomt svagere. Faderen blev ved med sit: Ikke for stærk min Pige, ikke for stærk, det er jo ellers bare Vand, jeg skyller ned.

Og saa en Morgen fandt hun en tom Cognacsflaske skjult i hans Seng.

Hun kæmpede ikke mere; hun vilde nu kun forsøge at skjule: dække, for at Mademoiselle intet skulde erfare.

Mademoiselle havde faaet en levende Interesse for Præstens 16-aarige Søn i Norup, hun gav ham Timer. Ellen lod Vognen spænde for, og Mademoiselle kjørte derned om Eftermiddagen.

Saa var hun alene, Faderen var ude, taget ud fra om Morgenen. Da kunde hun sidde paa den samme Plet i Dagligstuen timevis og vente. Hun syede, eller Hun havde taget en Bog—men Sytøiet faldt ud af hendes Hænder og hun læste ikke ... Hun sad kun ørkesløs og forstenet, og uden at hun vidste af det, kunde hjælpeløse Taarer rulle ned ad hendes Kinder.

Eller hun reiste sig og gik ind i Riddersalen, hvor der var koldt med Sneblomster paa Ruden. Men hun mærkede ikke Kulden. Thi alt som hun gik, begyndte hun at brænde som i Feber, mens alle Aarer bankede. Hun havde ikke Ro, gik rastløs fra Væg til Væg.

Hun gav sig til at tale til Billederne—

Og hun talte høit om sine Sorger—hun gav sine Lidelser Ord—
hun raabte i Kummer. Aa—hvor hun led, hvor hun led.
Hun rakte Hænderne frem, hun græd, hun bad, hun besvor. Hvad
kunde hun dog gjøre ved sin Fader? Det blev jo kun værre og
værre, og alt, hvad hun gjorde, var forgjæves, og alt, hvad hun bad,
var omsonst—og hvad skulde hun dog gjøre? Sig mig dog—hvad
skal jeg gjøre?
Men hvorfor hang de der ogsaa, naar de ikke kunde hjælpe? De
saa jo dog, hun kunde ikke mer; de saa jo dog, de havde næppe
Brødet, at Alting var ved at smuldre væk—alt baade Navnet og
Gods.
Men hun havde ingen Skyld,
Og tilsidst maatte de sælge Thorsholm ...
Ellen Løste sit Haar, som tyngede hendes Nakke, og hendes
Kinder brændte. Men hun hørte op at græde. At sælge Thorsholm.
Hun vidste, det maatte komme, men hun kunde ikke tænke det; det
forstenede hendes Graad ...
Men naar det kom, saa vilde hun tage alle Billederne ned ad
Væggen her, og hun vilde skjære dem ud af deres Rammer hvert ét
og hun vilde brænde dem allesammen.—Og saa først var hun
alene; helt alene.
Saa kom Faderen hjem. Kusken hjalp ham ud af Vognen og op ad
Stentrappen.

Hun hørte ham bande og vakle over mod Væggen ude i Gangen og
le og snakke med sig selv.—Hvor hans Ansigt var rødt! Naar han
var fuld, vilde han altid have hende om sig. Hun skulde sætte sig
paa hans Skød, og han havde Anfald af Ømhed, hvor han klappede
hendes Haar—og kyssede hende og stirrede saa stift paa hende
med dorske Øine.
Ellen sad bleg under hans modbydelige Kærtegn.
Han fortalte, og han vilde have mer at drikke—og hun var glad
ved at kunne reise sig og skænke for dog at komme bort fra hans
Skød—
Saa faldt han snorkende sammen, og han sov i Stolen med det
tunge Hoved tilbage og vidt aaben Mund—
Men undertiden kom han slet ikke hjem. Mademoiselle var
kommen tilbage og gaaet til Ro. Alle paa Gaarden var i Seng. Ellen
ventede endnu. Hun sad alene i den store Dagligstue, og førte
Strikkepindene med sine febrilske Fingre. Naar Hunden foer op i
Gaarden, eller Vinden slog forbi Ruderne, gøs hun og lyttede—nei

—det var ikke ham, og hun blev ved at strikke og bevægede Læberne mekanisk, naar hun talte Maskerne.

Og Faderen kom ikke.

Hun begyndte at dække Stykker over Møblerne og at rydde op til Natten, hun vilde ikke blive oppe; hendes Øienlaag faldt sammen af Træthed, og hendes Lemmer var tunge som Bly.

Men naar hun vilde tage Lampen for at gaa, lod hun sig igen falde ned i en Stol og hun blev ... Hun gled sammen i Sædet, lukkede Øinene og blundede.

Hun vækkedes ved en Støi: Er det Dig, sagde hun og foer op ... Hun troede, det var Faderen.

Men det var kun Ole, som stod henne ved Døren paa Hosesokker og krammede om sin Kasket.

Hvorfor er De ikke i Seng, spurgte hun.

Karlen svarede ikke, krammede bare Kasketten: Det er sent—jeg venter paa Fa'er—

Ole vendte sig: Herren er ikke kommen hjem, sagde han sagte.

-Nei.

Der var igen stille, saa sagde Ole endnu sagtere: Tillader Frøkenen ikke jeg kører ud med Vognen—der er saa meget—glat paa Veien.

Ellen blev blussende rød ... Saa vendte hun sig bort ... Tak.

Lidt efter hentede Ole Maag nede i Nørup Kro.

Til Veile kom hun sjældent. De lange Aftener, hvor Faderen sad halvfuld over sin Flaske, gik ikke hen uden aabenmundet Fortrolighed. Det var alle Rygterne om Ildebranden og meget mer, givet i lattermilde Antydninger, som Ellen langtfra alt forstod. Men hun fik dog næsten Rædsel for Bedstefaderen.

En Aften, da Ole var kjørt ud for at se efter Maag, fandt han ham med begge Ben brækkede liggende i en Grøft. Han løftede ham op i Vognen og kørte ham hjem. Han havde ligget ved Veikanten et Par Timer, og Benene svulmede voldsomt op. Lægen erklærede, det vilde blive langvarigt.

Efter at Maag, der havde havt stærk Feber den første Tid, var blevet meget bedre, kom der en Dag ridende Ilbud fra Veile for at hente Ellen. Den gamle Lind var blevet meget syg og vilde se hende før sin Død. Ellen vilde først ikke tage bort, men da Faderen ønskede det, reiste hun. Hun maatte blive der fire Dage ... Saa blev det bedre med den gamle. Det skulde ikke være den Gang, sagde han selv, da han igen kom til Mælet.

Da Ellen kom tilbage, traf hun Faderen meget bedre.

Mademoiselle havde installeret sig ved hans Seng.

Mademoiselle var en lille korpulent Dame, som sagde, hun var fyldt en og tredive Aar, og som ved Hjælp af Pudder, falske Tænder og et Sæt Nakkekrøller kom til at sé ud, som om hun var i Nærheden af de fyrre. Mademoiselle paastod, hun var af meget gammel Familie, og hun plyndrede Dumas' Romaner for at forklare sin Nedstamning fra Korstogene.

Naar hun fortalte, fløb hun gjerne ud i Graad over sin egen Veltalenhed, og smurte saa Tusch og Sminke rundt i Ansigtet med sine ringbesatte Fingre.

Hun titulerede Napoleon Forbryderen fra St. Helena og slog Korsets Tegn, naar hun nævnede Robespierre.

Saadan var Mademoiselle.

Denne Dame fik efterhaanden megen Færdighed i at lægge Maags Puder til rette bag Ryggen og i at læse ham i Søvn med Lamertine.

Ellen lod hende skalte, som hun vilde.

Men en Aften, da hun kom hjem fra Moderens Grav, kunde Faderen næppe tale: han laa halvdrukken og lallede.

Cognacflasken stod paa Bordet ved Sengen.

-Hvem har givet Dig Flasken? spurgte Ellen.

Faderen stammede, gav sig til at klynke.

-Hun har sat den her hen—og vi er—ja—vi er jo svage ...

-Hvilken hun?

-Ja ... Mamsellen, men ... jeg vil ikke sætte ... Splid ... for ...

Fra den Dag hadede Ellen Maag Guvernanten.

Alligevel tog Damen fra Korstogene mer og mer Raadighed over Maag og over Huset, og Folk talte allehaande. Men Ellen hørte intet eller vilde ikke. Hun var begyndt at gaa til Præsten og skulde konfirmeres til November. Det var sent nok, siden hun allerede var fyldt de seksten Aar.

—Ellen og Mademoiselle læste i Havestuen. Ellen var kommen ned før Timen og sad ude paa Trappen paa Trinet og stirrede ud i Sollyset.

Hun følte Heden over sig som en mat Ladhed ... og hun fulgte med Blikket, mens hun sad og døsede, Insekterne, der virrede, og hun aandede dybt for at fange Jasminernes Duft fra Busketterne.

Der var i den sidste Tid kommen denne Ladhed over Ellen.

Der var intet mer, som kunde binde eller fæstne hendes

Opmærksomhed, og hun var altid adspredt. Det var rent ud besynderligt, hvor alt distraherede hende: et Insekt, som fløi forbi, et Blad, der faldt til Jorden. Saa fulgte hun Bladet, som det dalede, og Bogen hun læste, gled ned ad hendes Skød, uden at hun mærkede det.

Hun bare drømte ... sad hen og drømte.

Men vaagnede hun op, vidste hun ikke, hvad hun havde tænkt, følte blot som en mattende Tyngsel ligge over sig. Og hun var altid træt, gad ikke gaa og intet foretage sig.

Hun græd ofte og med ét, naar hun sad, foer hun med Haanden til Hjertet, saadan gav det sig til at banke. Hun blev rød og hvid uden Grund; altid havde hun Sting, var stakaandet og fik Blodet til Hovedet.

Hun havde i den sidste Tid kastet sin Kærlighed paa en graa Kattekilling, og hun kunde sidde timevis med det lille Dyr i Skødet og klappe den og kysse den paa Snuden. Om Natten sov den ved Fodenden af hendes Seng. Ellers var hun ikke overdreven ødsel med Kærtegn.

Der kunde gaa Dage, hvor hun ikke talte til sin Fader, og naar Middag var ovre, gik hun oftest bort fra Gaarden, ingen vidste hvorhen. Saa tog hun Veien gennem Haven ned til Skoven. Der var noget borte en Bakke, hvorfra man kunde se Havet som en skinnende, blaa Stribe langt ude i Horisonten bag Lyng og Marker. Der laa hun saa halve Dage med Ansigtet op i Solen og stirrede. Eller hun krøb op i et af de store Lindetræer i Haven, og gemt mellem Grenene sad hun Timer igjennem, halvt fortumlet af den sødlige Duft.

Saadan underlig lad og sandsetung og dovenadspredt var Ellen bleven i den sidste Tid.—

Ellen blev vækket af Mademoiselles Stemme, der skreg op i Fistel inde i Havestuen, og hun reiste sig for at gaa op ad Trappen.

-Som sædvanlig for sent, sagde Mademoiselle, der sad ved Bordet.

Ellen svarede ikke. Hun satte sig uden at se paa Lærerinden og aabnede Bogen. Det var Jocelyn, sagde hun.

Hun læste søvnigt nogle Vers; naar hun blev rettet, sad hun og legede med sine Fingre.

-Jeg ved ikke, om *ma petite* hører efter, sagde Mademoiselle.

Ellen svarede ikke, blev bare ved at læse. Mademoiselle tog

nervøse Tag til Haaret, sagde:
-Nei—De forstaar ikke Skønheden. Ellen pillede.
Kan De det udenad.
Ellen lukkede Bogen og stadig med pillende Fingre, Hovedet
dukkende, begyndte hun forfra, udenad.
Hun plaprede nogle Vers og saa pludselig op. Taug, og blev
siddende ufravendt stirrende paa Mademoiselles Bryst.
Et Jocelyn arrivant—
Mademoiselle vilde hjælpe hende:
Et Jocelyn arrivant—
Men hun stammede, holdt op ... *Et Jocelyn* ...
Og ganske forpustet under Ellens Blik, der blev ved at hvile ved
Smykket paa hendes Bryst, sagde hun:
-Jeg har faaet det igaar.
Ellen var meget bleg.
-Det er en Present ... af Deres Papa.
Uden at vende Øinene bort, drog Ellen Veiret dybt:
-Mademoiselle har misforstaaet Papa. Strakte Haanden frem og
sagde:
-Tag det af.
Mademoiselle mimrede et Par Lyd og løftede Haanden for at løse
det:
-Nei, han har givet mig det—det er mit. Ellen ventede.
-Tag det af.
Mademoiselle reiste sig og retirerede, men Ellen tog hende med
et om Haandleddet: Kom, sagde hun. Tag Smykket af.

Hendes Øine blev større. Mademoiselle, sagde hun, De skal tage
det Smykke af.

Mademoiselle rystede over hele Kroppen. Famlende løste hun
Smykket.
Kæden gled ned fra hendes Bryst og faldt paa Gulvet.

Ellen tog det, hun stod lidt og lod de gyldne Led glide gjennem
sine Fingre. Derpaa gik hun langsomt ud af Døren og ned ad
Trappen med Hovedet bøiet.

Hun saa sig ikke om; med Smykket knuget sammen i sin Haand
gik hun ilsomt ad Terrassen ned til Graven.
Der standsede hun, løftede Armen over Vandet. Og som en gylden

31

Slange faldt de Maagers Kæde spillende i Havens Middagssol ned i Gravens Vand.

Ellen vendte sig og gik ned i Lindegangen.

Men nogle Dage efter reiste Mademoiselle.

* * * * *

Ellen blev konfirmeret om Efteraaret. Præsten i Nørup var en asketisk Mand, som prædikede mest om Synden og den evige Fortabelse. Og var Verden en Elendighedens Dal, turde vi ikke beklage os, thi vi bødede og det ikke alene for os selv, men og for alle dem, som var gaaet foran os og havde dynget Synd paa Synd. Derfor maatte vort Liv blive et Liv i Forsagelse og i Bøn.

Ellen havde aldrig været meget religiøs. Der havde i hendes Liv hidtil ikke været Anledning dertil. Hos Linds var der ikke megen Tale om Gud, Om Søndagen gik gamle Lind i Kirke med sin Kone under Armen, og en Gang om Aaret gik de til Alters, Det var deres Gudsdyrkelse. Paa Thorsholm var der endnu mindre Religion. Om Søndagmorgen, naar Vinden bar til, kunde man høre Kirkeklokkerne fra Nørup, men ingen brød sig om deres Klemten.

Mademoiselle var Katolik og faldt under Tiden i Søvn med Rosenkrandsen mellem sine Fingre; hendes Fader talte kun om Gud, naar han var drukken. Det var Gudsdyrkelsen paa Thorsholm.

Og i Begyndelsen, medens hun læste hos Pastor Assens, blev, hvad hun lærte, ogsaa ved at være Ellen noget uvedkommende. Alle disse Bud var noget, hun ikke havde overtraadt: Ord, som ikke var rettet til hende. Men efterhaanden blev det anderledes. Thi Pastor Assens talte sig efterhaanden varm.

Og hans gammeltestamentlige Forklaring, den kom pludselig til hende som en Spreder af Taager i hendes tvivlfyldte Sjæl.

Alt, hvad hendes store Slægt havde forbrudt, det faldt som en tung, uafkastelig Byrde paa hendes Skuldre, og der var ikke andet at gjøre end at bede og bede og lægge sig i Knæ, Dag og Nat. Nu forstod hun det altsammen. Hun skulde afbetale den gamle Skyld og lide de manges Straf og bede og bede om Afladelse for dem alle.

Hun begyndte at læse i Biblen, at besøge de Syge i Nørup og tilbringe lange Aftener hos Præsten. Og hans Askese ophidsedes endnu mere ved Synet af hendes seksten Aar, der knælede saa tungt under Jehovas Svøbe.

Midt under Gæringen blev Ellen konfirmeret. Hun sov ikke mere om Nætterne, og hun havde Syner, hvori Flammesværdet bestandig var løftet høit for hendes Øine.

Ved den hellige Handling talte Pastor Assens om Fædrenes Synd, som nedarves indtil det tiende Led.

Efter Konfirmationen vedblev Ellens Besøg hos Præsten. I sin opskræmte Forfærdelse gav hun, der var vant til at tie og bære, sig pludselig til at tale. Præsten blev hendes Skriftefader. Hun fortalte ham alt: om Faderens Lastefuldhed, om gamle Lind—Alt. Om hvorledes hun havde kæmpet imod, og hvorledes hun havde lidt. Thi hun havde ikke forstaaet, at Guds Dom var over hende. Nætterne tilbragte hun knælende paa sit Gulv. Hun bad de samme Bønner, indtil Blodet sydede i hendes Hoved; mange Dage sneg hun sig ind i Nørup Kirke og smidt foran Alteret laa hun hensunken i Bøn og pinefuld Angst, som forvirrede hendes Sandser.

Ofte korn hun efter en søvnløs Nat om Morgenen til Præstegaarden bleg, og skræmmet af Syner: hun havde ikke Mod til længere at bede alene; da tilbragte Præsten og hun lange Timer i fælles Bøn.

Og uafbrudt gav hendes Slægts Historie, som hun læste og udfrittede allevegne, hende nyt Stof til Revselser og Angster. Hun studerede Nørups Kirkeprotokol, hvor Præsterne havde ført Bog over Familien, og hvor der var mange Noter. Pastor Assens udfyldte Fortællingerne.

Han fortalté hende om Christen Maag, der havde ladet sig begrave med Hovedet hvilende paa Erindringerne fra sin Lastefuldhed ligesom paa en Samling Relikvier; om Livet, som den Gang førtes i det østre Taarn paa Thorsholm. Og han glemte, mens han talte, den bodfærdiges Aar, og han malede Vellysten med mange Farver, for at lade den sønderknuses dobbelt i Forbandelser under Straffens Hæl. Og bestandig lagdes der nye Syndebyrder paa Ellens Skuldre.

Time efter Time fyldtes hendes Sind med urolige Billeder. Hendes Andagt trængte til Apparat, hun lod en gammel Bedepult flytte fra Loftet ned i sit Kammer, og hun hængte et sort Kors op over sin Seng. Søndagen var dog hendes Anfægtelsers Høitidsdag.

Hun havde lært at spille paa Orgel, og hun var begyndt at spille til Gudstjenesten. Naar hun da havde larmet gjennem et Par støiende Præludier og selv sunget de lange Bodspsalmer med, mens hun spillede, sad hun skjult bag Orgelet og lyttede med skinnende Øine til Præstens Straffedomme. Og der var altid nye Billeder for den gamle Straf og nye Flammer for det store Baal. Og efter nye Sange og ny Postludielarm kom Ellen hjem med Hovedet tungt og alle Tanker i forvirret Feber.

Da tilbragte hun Eftermiddagen i Riddersalen. Til daglig kom hun der ikke: hun følte noget som Sky for Slægtsbillederne, hun havde tilbedt; og hun syntes, at Salens Luft faldt over hende som en Gru af Formastelighed og Trods.

Men nu, naar hendes Hoved brændte af Bods Sang, gik hun derind for at haane dem, Billederne paa Væggen. Thi dem var det, som havde trodset i Vantro og kæmpet imod i Gudsforgaaenhed og nu smuldrede Huset i Afmagt under Herrens Dom.

Men her var dog ikke Templet for den yderste Fordærvelse. Det var Bedstefaderens Stuer i Taarnet. Og hun mindedes sin Barndoms Frygt for "de lukkede Værelser", hvor de hvide Gardiner altid var trukket for, og hvor Pigerne Vinternætter hørte Sang bag de laasede Døre. Ellen gik aldrig der forbi Taarnet uden med Hjertebanken.

Men nu vilde hun derind, og der skulde ikke ikke blive Sten paa Sten tilbage af Forargelsen og ikke Stykke eller Stump af Forfængeligheden.

Ellen talte ikke derom til Præsten, hun vilde gaa derind alene, skøndt hun frygtede.

Men mange Dage havde hun ikke Mod. Saa en Morgen reiste hun sig tidlig efter en søvnløs Nat. Hun følte, nu havde hun Modet; og hun bad brændende foran det sorte Kors over sin Seng. Men da hun kom til Taarndøren, og den gamle Nøgle hvinede i Laasen, sprang Sveden frem paa hendes Pande i store Draaber. Hun knugede Hænderne mod sit Bryst og lukkede Øinene tæt i.

Luften var tung og gammel. Hun følte den tør om sine Læber.

Hun gik frem og skød Døren op. Men da hun i Halvmørket saa de støvdækte Lagener over alle Møbler, og Maagernes Vaaben skinnende mod sig over Speilet, blev hun svimmel og støttede sig.

Hun rev Gardinerne bort, og Dagen skar hendes Øine.

Hun vendte sig fra Lyset, og hendes Blik faldt paa Sengen; den stod midt paa Gulvet, med en falmet Silkehimmel, baaret af Kvindeskikkelser. Ellen rev Lagenet bort, og hun følte pludselig en krydret Vellugt slaa fra de gamle Silketæpper op imod sig. Hun løftede Tæppet og indaandede dets Duft.

Hun følte sit Hjerteslag tungt.

Nei—nei—sagde hun—det er Djævlen ... Hun slap Tæppet. Da hun løftede Blikket, saa hun over Hovedgærdet, halvt skjult af Sengehimlen, et Billede.

En nøgen Mand, der kæmpede med en Kvinde ...

Ellen betragtede det forstenet, førte Armene frem og tilbage over sit Hoved og blev ved at stirre derpaa—tungt, liggende ind over Sengen, med de fremstrakte Arme knugede om Maleriets Ramme.

Saa sank hun sammen. Uden Bevægelse. Hovedet støttet paa Armen, udstrakt paa Bedstefaderens Seng, halvt bedøvet af Tæppernes Duft stirrede hun paa Billedet, indtil hun med opløst Haar flygtede med løftede Hænder ...

Hun blev ved at løbe; ud af Taarnet; langs Terrassen; ned ad Trappen; over Plænen—fløi hendes Skygge.

Fra den Dag var alt forbi. Hendes Liv blev et furiepidsket Tog af Bønner, af Fortvivlelse og Angst. Om Natten sov hun ikke, og om Dagen kunde hun ikke finde Ro.

Med Præsten talte hun mindre nu. Hun fortalte ham ikke om sit Besøg i Taarnet, og efterhaanden blev hun sky. Hint Billede forvirrede hendes Bønner. Naar hun laa fortvivlet paa sin Skammel, sløv og søvnig, gled det ind i hendes Tanker—bestandig.

Og svimmel og dødstræt, en Afmagt nær, kunde hun aabne Taarnets Vindue og lænet ud, mens Efteraarets Slud vædede hendes Pande, længtes hun efter at synke dybt ... glide saa blødt og —faa Fred—

Saa sad hun en Aften ud paa Efteraaret som sædvanlig ene. Veiret var haardt, og Ole var kørt ud for at samle Faderen op.

Der var kommen sær Uro over Ellen. Hun havde taget Skærmen af Lampen for at faa det mere lyst i den store Stue, hvor det skumrede i alle Kroge, og hun gik rastløs frem og tilbage, satte sig, gik igen, standsede ved Vinduet og blev intet Steds. Naar Stormen, der pidskede Regnen mod Ruderne med smaa Knald ligesom Hagl, jog de mægtige Lindegrene larmende mod Vinduerne, foer hun sammen og gyste længe, som om hun frøs. Og Veiret tog stadig til, og midt under Stormen hørte hun den store Vindfløi paa Taarnet, som raslede under Vinden.

Hun havde Lyst til at kalde paa Pigen og faa hende ind. Hun kunde ogsaa gaa i Seng og behøvede ikke at vente. Men da hun tog Lampen og var kommen hen til Døren, foer hun sammen igen og lyttede. Det var den store Klokke ved Porten, der klemtede. Saa var Veiret haardt.

Hun gik igen til Vinduet. Klokken blev ved at lyde høit.

Hun saa en Karl med Lygte gaa over Gaarden mod Porten, lidt

efter en til. Saa hørte Klokken op at lyde, og de fik Porten op. Der maatte være kommet nogen, en fremmed ... Men det var saa mørkt, man kunde ikke sé det mindste. Hun tog Lampen og aabnede Døren til Gangen ... Karlene klaskede med deres Træsko op ad Trappen. Der blev rusket i Døren.

-Hvem er det? raabte Ellen. Hvem er det?

Der blev ikke svaret. Stormen maatte tage Lyden bort. Hvem er det? raabte hun igen. Saa aabnede hun Døren og saa begge Karlene blege og forvirrede med Lygterne i Haanden.

-Hvad er det? spurgte hun igen. Er der Brand i Nørup?

-Nei, Frøken Maag, det var en Stemme fra Mørket, og der kom et Ansigt frem i Lysskæret, Kongen er død!

Krigen brød ud.

I de strenge Tider, som kom, mødtes Ellen og Præsten igen: de saa det begge altsammen som en Straffedom, som Herrens Vrede over den ugudelige Slægt. Pastor Assens holdt Møder i Omegnen, og Ellen fulgte ham for at indsamle Penge og alskens Ting. Der var Saarede og Elendige nok og Brug for alles Hjælp.

Tilsidst tænkte Ellen paa selv at tage ned og pleie de Saarede, og hun havde allerede bestemt Dagen, naar hun vilde reise. Men saa en Morgen fandt de hende liggende bevidstløs foran Bedeskamlen i sit Kammer, og da hun kom til sig selv, fantaserede hun.

Det var Nervefeber, hun havde faaet, og Sygdommen blev langvarig.

Mens Ellen svævede mellem Liv og Død, skiftede Aaret, og det blev Foraar. Fjenden oversvømmede Jylland.

IV.

Ellen var Rekonvalesent.

Hun laa nogle Timer om Dagen inde i Moders Taarn, bleg og gennemsigtig, med Hovedet næsten skjult i de hvide Puder, halvt i Blund Hun nød sin Træthed som et mat Behag. Mens hun laa ubevægelig og ikke gad røre sig, hørte hun Fuglenes Sang fra Haven og Børnenes Pludren, mens de legede.

Skovfogdens Børn bragte hende Jordbær, de plukkede i Skovene, og Ellen beholdt dem hos sig. De legede sammen, de lo ad ingenting, de flettede Ringe af Mælkebøttestængler; og Børnene fortalte hende om den blissede Ko, som havde kælvet. Ellen fik sine Dukker ned fra Loftet, og de legede, som da hun var Barn: klippede Billeder af de gamle Modejournaler og gav dem fornemme Navne og holdt Dukkebal paa Sygetæppet.

Men saa pludselig blev hun altfor mat, og hun slap Dukkerne, der gled ned ad Tæppet, og hun laa med lukkede Øine; Børnene mærkede, hun blev stille, og ganske sagte listede de sig ud af Døren, og lod den staa paa Klem, naar de gik.

Ellen hørte det og smilede. Hun mærkede Trætheden som en mild Rus. Og hun aabnede Øinene igjen og saa paa sine Hænder, som var hvide og gjennemsigtige med store, blaa Aarer. Hun tog en Blomst fra Skaalen og hun inddrak mat dens Duft i smaa Drag, indtil hun faldt i Blund.

Eller hun tog Haandspeilet og betragtede sit Ansigt, der lignede en Drengs med det korte, afklippede Haar ...

Siden fik hun Lov til at læse. Det var alle Bøgerne fra hendes Barndom:

"Ivanhoe", "Erik Menved" og "Prinds Otto". Og mens hun læste, dukkede Skikkelserne frem som Mennesker, hun en Gang havde set, men hun erindrede ikke mere, hvor. Og slap hun da Bogen for at søge i sin Erindring, gled det bort; og hun laa stille hen og nød sine Drømme i mat Velbehag.

Saa kunde en Blomst; saa et Ord, et Billede vække et Minde, som dukkede frem hos hende, og hun forfulgte det, indtil ogsaa det blev borte. Og alt, hvad hun tænkte, var mest som en underlig vag Melodi, der klang i hendes Øren uafbrudt.

Men lidt efter lidt blev det Minderne her fra Rummet, hvor hun laa, der kom oftest igen, Minderne om Faderens Kjærlighed, der levede paa hver Plet. Og lange Timer laa hun hen med Sommeren om sig og drømte sødt.

Hun begyndte at længes efter Haven. Og hun lod Skovfogedens Børn bringe sig Blomster fra Markerne, og hun lod dem komme helt hen til Stolen, hvor hun sad, for at indaande Kløverens Duft, der hang i deres Klæder.

En Dag gik hun ved Lægens Arm ind i Havestuen. Dørene til Terrassen stod aabne; men da Ellen saa ud i Haven, som laa solrig og hed, blev hun svimmel: Nei, Doktor—lad mig sætte mig—jeg er altfor træt.

-Hvor Luften er tung, Doktor, hvidskede hun. Luften er saa tung.

Hun faldt mat sammen, og hun sad længe halvt angst og sammenkrøben og stirrede ud over Vandet og Plænerne, og syntes, hun kendte dem ikke mere igjen.

Men siden blev her hendes Yndlingsplads, og hun kunde sidde

Dag efter Dag der bag de aabnede Døre; hun læste eller arbeidede; eller hun lænede Hovedet tilbage, og hendes Blik fulgte Træernes Skygge over Plænerne, og de lette Sommerskyer, naar de drev.

Men en Dag lod hun Dørene lukke og rullede Persiennerne ned. Der var kommen østrigsk Indkvartering til Gaarden, en General med et Par Officerer og en halv Bataillon. Ellen hørte, at den gamle General havde sin Yndlingsgang under Lindene, og hun vilde ikke modtage hans Hilsen.

Saa vendte hun tilbage til Taarnet. Der var ogsaa kjøligere, og friskt af Lindeduften, og naar man rullede ned, blev der næsten mørkt. Det gjorde godt paa de hede Dage.

En Formiddag besøgte Præsten hende. Hun laa paa Sofaen og bandt Bregner sammen til en Buket.

Pastoren blev strax forvirret, da hun rakte Haanden frem imod ham, lidt mat, og talte ganske lidt døsig, mens hun stadig smilede. Han kendte hende ikke igen.

Det Skær, som var kommet over hende ...

Hun talte om sin Sygdom, om Egnens Folk og om Indkvarteringen.

Jeg er komplet i Fangenskab, sagde hun, her i Taarnet.

Der blev en Pause. Præsten sagde, den nye Degn var kommen til Nørup ...

-Han spillede kun saa maadeligt Orgelet ...

-Ja saa ... hun lagde Bregnerne bort—ja—det er jo sjældent, de Folk er musikalske.

Hun rettede sig i Sofaen. Hvor man bliver doven, sagde hun, naar man har været syg.

Pastoren mærkede Parfumen af hendes Klæder. Ja—det er—som blev man Børn igen ... Han stoppede, sad urolig foran hende og gned hurtigere de foldede Hænder.

-Og hvor Fluerne generer En, sagde Ellen Er de ligesaa slemme i Præstegaarden?

Der blev en ny Pause, og helt beklemt reiste Pastoren sig. Ja—sagde han—det er en travl Tid—jeg mener, der er mange ængstede Sind.

Og han tog Afsked, helt forvirret ...

-Ja—De ser vel snart her op, Pastor Assens, sagde Ellen. Hun blev liggende paa Chaiselonguen.

Lidt efter hørte hun Toner af Violiner fra Haven. Hun reiste sig og vilde lukke Vinduerne, men hun standsede bag Persiennerne og lyttede.

Hvor det var smukt—Ia—hun saa ud—det var Zigeunerne som spillede.

Hun satte sig stille. Violinerne sang.

Hvor det var længselsfuldt—hvor det var smukt ... Det lød saa klagende, saa dæmpet, mildt ... saa steg det, og steg det og klang.

Ellen stod pludselig op, urolig ...

Hvor Tonerne slyngedes sammen—hvor de jublede op—aa—man fik bankende Blod.

Saa vildt det lød—

Indtil det igen klang saa sorgmodig mildt ... Det var som Granernes Sus nede ved Moders Grav ... Ellen græd.

De fremmede Officerer fandt det næppé meget morsomt paa Thorsholm. Om Formiddagen var der ofte Øvelser i Egnen, men Resten af Tiden var de hjemme. Saa holdt de til ovre i Lindegangen, drev langs Bænkene med en fransk Roman, eller spillede Kort; sad oftest Kvarter efter Kvarter ørkesløse, med en Cigaret mellem Læberne, og stirrede ladt ud i den solrige Have.

Udover Plænerne, som svedes, mod Hovedbygningen, der skinnede hvid og kjedsommelig, lukket og tilhyllet paa sine tause Terrasser.

Engang imellem gled et Vindpust over Plænen, krusede Gravens Vand og vuggede Roserne. Saa raslede de udslagne Solseil og faldt atter tilbage i den dorske Ro.

De Fremmede smed Cigaretstump efter Cigaretstump i dvask Kedsommelighed.

Kun lige i Middagsstunden aabnedes de lukkede Døre, og Ellen kom ud paa Terrassen, støttet til Pigens Arm. Hun gik langs med Hækken, i Skyggen af en stor Parasol, helt indhyllet i sit hvide Sjal.

Officererne betragtede hende fra Lindegangen.

Hun lod, som hun saa dem ikke. En Gang imellem standsede hun, løftede Parasollen og vendte sit blege Ansigt ud mod Haven. Hun talte til Pigen og gik videre støttet til hendes Arm ...

Og Havedørene lukkedes igen, og Officererne vendte tilbage til deres Bænke ...

-Hvad finder du, Schønaich connaisseur?

-Har Generalen ikke sendt hende en Flaske Tokayer?

-Jo—og fik den tilbage ...

Schønaich ridsede i Jorden med sin Hæl. Hun holder sit Hoved som Maria Theresia, sagde han.

-Saaledes gik de varme Sommerdage paa Thorsholm. Ellen var nu oppe hele Dagen, næsten ganske frisk. Men ogsaa hun fandt det ensomt og trist. De fremmede Soldater generede hende; hun kunde ikke komme uden for en Dør uden at møde disse Uniformer, som hun hadede, og Blik fra mørke Øine forfulgte hende overalt. Selv ind bag de lukkede Døre naaede Forfølgelsen hende. Sad hun om Aftenen i Dagligstuen, hørte hun Sang og Raab fra Gaarden, hvor de Menige laa i Klynge om det tændte Baal; og flyttede hun ind i Taarnet, trængte Officierernes Samtale, der om Aftenen ved Vinen blev hidsig nok og høirøstet, støiende op til hendes Skjul. Hun kunde ikke uudgaa de ubudne Folk.

Men saa undertiden kunde Larmen og Samtalen forstumme, og gennem den stille Nat hørte man kun Baalets Knitren fra Gaarden. Ellen reiste sig og nærmede sig Vinduet.

Soldaterne hvilede om Ilden. De støttede, strakte paa Jorden, Hovedet i deres Hænder og stirrede ind. Baalets Skær farvede deres Ansigter. Det lyste med et paa en Poppel foran den hvide Længe, saa dens Løv flammede, og det hengav den atter til sit Mørke. Et Gjenskær fra Ilden laa som en lysende Sky over Baalet.

Nu og da oplystes et Øieblik Gaardens Kroge, og Karlenes og Pigernes Ansigter, som lyttede samlet i Klynge, traadte pludselig frem af Natten for igen at forsvinde ...

Saa spillede de.

Og som et besynderligt Refræn løftede Soldaterne om Baalet et afbrudt, klagende Raab.

Naar da Ilden var slukket, sad Ellen længe med bankende Hjerte. Alt var blevet mørkt; lyttede hun, hørte hun Skildvagtens Skridt, men hun nægtede ikke at skelne hans Skikkelse i Natten.

Taarnuret slog sine rustne Slag, og atter blev det tyst. Mens Ellens Tanker gik og kom.

En Aften blev hun vækket ved Sang. Hun aabnede Vinduet og lænede sig ud.

-Nei—sé, hvor det var klart, den første stjerneklare Nat. Stjerne over Stjerne paa den mørke Himmel.

Vinden bar til: Granernes Harpixduft blandedes med Lindenes. Bladene raslede sagte som til evindeligt Akkompagnement.

-Jo der var Lys endnu. Det var hos Officiererne, man sang ... Hun saa et Par Skygger paa de nedrullede Gardiner ...

Hvad det dog var for en Sang—saa blød ... Hun lænede sig længere frem, og hun var angst for at miste en Tone, naar Stemmen sank ... En Natsværmer svirrede forbi, mekanisk slog hun den bort med sin Haand, mens hun holdt Øinene fæstet paa de hvide Gardiner, hvorfra Sangen kom ...
Weil sie gestorben ist—
Weil sie gestorben!

Det døde hen ... Ellen gled ned paa Stolen; de sidste Toner dvælede i hendes Øren ... Saa reiste hun sig, slukkede stille Lampen og gik ind i sit Kammer.

* * * * *

Ellen var for første Gang nede ved sin Moders Grav. Da hun reiste sig fra Bænken, følte hun sig svimmel og maatte støtte ved Gelænderet. Hun fik en Kuldegysning: hjem maatte hun ... Men hun var virkelig alt for svimmel.

Hun havde ikke mærket Trinene bag sig, men ved Stemmen foer hun sammen:
-Frøkenen er blevet syg.—Tillad jeg hjælper Dem.

Hun løftede Ansigtet og nikkede: Ja—jeg er ... ikke vel.

Officeren lagde Armen om hendes Liv og førte hen ud mellem Granerne. Han sagde intet. Hendes Hoved laa mat paa hans Skulder.

Da de kom ud i Haven, følte Ellen sig bedre: Det er kun Feberen, sagde hun. Jeg har nylig været syg.

De gik langsomt op gennem Haven, hun støttet til ham.

Men pludselig rødmede hun og standsede: Tak—det er meget bedre, og hun løsnede sig ud fra hans Arm.

Hendes Ledsager forstod, og et Øjeblik forvirredes de begge. De søgte noget at sige, og de pinte sig begge for at finde et Par ligegyldige Ord.

Men de naaede Trappen uden at have fundet, og Ellen rakte Haanden til Farvel.

-Tak.

Saa i sidste Øieblik sagde han hurtigt: Det er jo mig, som maa takke Lykken.

Dermed skiltes de. Ellen var meget utilfreds med sig selv.

Den næste Dag lod Grev Schønaich spørge til Ellens Befindende. Hun svarede, at det vilde være hende en Fornøielse at se ham for at takke ham for igaar.

Lidt febrilsk slog hun sig ned paa Chaiselonguen ved Havedøren, der stod paa Klem. Hun ventede Visiten.

Ellen reiste sig og gik ham imøde.

Hun takkede ham for igaar (lidt staccato) og beklagede, at hendes Fader ikke var hjemme. Han var taget til Veile.

Schønaich spurgte til hendes Befindende: om det var bedre ...

-Meget bedre. Men hun havde jo været meget syg.

Ellen gik tilbage til Chaiselonguen, og mens hun bad ham tage Plads, slog hun Havedøren op: Her er en vidunderlig Udsigt, sagde hun—ikke sandt—her er smukt?

-Og vi berøver Dem den Udsigt? ... Aa, Frøken, jeg forstaar det saa godt ... Det maa være haardt Dag for Dag at have seirrige Fjender for Øie—Men—han skiftede Tone—vi keder os ogsaa, kan De tro ...

Ellen smilede: Ja—sagde hun og pegede over mod Lindegangen— det er jo ikke just afvekslende.

-Og dog foretrækker jeg dette for at ligge i Indkvartering i Byerne. Det er forfærdeligt at leve i disse døde og tilhyllede Byer. Man hører midt om Dagen kun Lyden af sine egne Sporer paa Gaden. Jeg har ligget i Horsens i fjorten Dage—jeg saa ikke andre kvindelige Væsener end et Par Sælgekoner ...

Han gik bort fra Døren:

-Men Triumfmarchen var dog det værste. Vi feirede Indtagelsen af Als—der var nu ogsaa en smuk Idé—vi drog opad Hovedgaden med Kanoner og fuld Musik ... Men ikke et Ansigt bag Ruderne, ikke ét, bare tilhyllede Vinduer, døde Huse—uddøet og lukket— Hele Byen var tom. Det var et skrækkeligt "Tedeum"—

-Og inde bag Ruderne da—sagde Ellen.

Schønaich svarede ikke. Men lidt efter vendte han sig igjen om mod Døren og sagde:

-Ja, hvor her er vidunderlig smukt.

-Hvor har De hjemme, spurgte Ellen.

-I Bøhmen—der ligger ialfald min Families Godser. Selv har jeg opholdt mig længe i Pesth. Har Frøkenen nogensinde været ved Donau?

-Nei—jeg har aldrig været udenfor Danmark.

-Og taler saa smukt Fransk?

-Aa—vi er saa halvveis Franskmænd i vor Familie. Og De da?

Vidste De igaar, jeg ikke kunde Tysk? ... Jeg er saa uvidende.

-Jeg valgte et neutralt Sprog; Grev Schønaich bukkede.

Lidt efter gik han.

Ellen sad længe hensunken, uden at vide hvad hun tænkte paa. Saa hørte hun igen Klangen af den Fremmedes Stemme, den var saa blød, og hun reiste sig.

-Det var ham, der sang, sagde hun.

Og lænet til Dørstolpen sank hun atter hen i Drømmerier.

-Mon hun en Dag turde bede ham om at synge?

En Dag, naar han kom igen ... Men han kom maaske slet ikke mer ... af hvad Grund skulde han? Ellen smilede, hun gik op og ned ad Gulvet, faldt tilsidst hen i Sofaen, hvor hun sad et Par Timer, stille, med Haanden under Kinden ...

Saa reiste hun sig, og hun gik nynnende frem og tilbage paa Terrassen, mens hun plukkede et Par Roser til sit Haar.

Om Aftenen spillede Soldaterne i Gaarden. Anføreren spillede for, og de andre faldt ind klagende Omkvædet som et Ekko, der døer. Ellen lyttede, og da de holdt op, saa hun forvirret rundtom sig som paa noget ukendt og fremmed, og hun pressede Hænderne mod sit Bryst med et dybt Suk.

Under Vinduet stod en Skikkelse i Mørket ... Ellen kendte ham— det var ham—sagte vilde hun lukke.

Men saa vendte Schønaich sig og hilste.

-Det var smukt, sagde han.

-Ja—saa smukt ...

De sagde kun de to Sætninger blidt og begge dvælende. Og han hilste igen, og Vinduet blev lukket.

-Ellen vaagnede saa glad den næste Dag. Hun havde haft Uret— nu vilde hun gøre den god igen. Hun vilde ikke være indladende men ialfald høflig. Foreløbig skulde hendes Fader gøre den gamle General en Visit. Det gjorde saa Maag—som havde en af sine ædru Perioder i denne Tid—ogsaa opad Dagen, og Dagen efter gjorde Generalen Gjenbesøg.

Ellen var hjemme og viste sig elskværdig. Hun spadserede med Excellencen paa Terrassen og var med ham oppe i Riddersalen. Den gamle Herre fandt hende "très distinguée".

Schønaich saa hun kun en Gang imellem i disse Dage. Hilste paa ham fra Terrassen og mødte ham om Morgenen paa sin Ridetur; de talte ikke sammen, hun længtes bare efter denne stumme Hilsen og Smilet, der ledsagede den. Hun ønskede slet ikke mer.

Saadan gik et Par Dage.

En Eftermiddag bandt hun en Krands til sin Moders Grav og bragte den derned. Hun gik og nynnede som hun ofte gjorde i de sidste Dage; saa, da hun kom til Graven, stod Schønaich ved Gitret. Han vendte sig, hilste og vilde gaa.

Ellen aabnede Laagen.

-Hvorfor vil De gaa? spurgte hun.

-Jeg havde ikke ventet, at De kom her saa silde. Jeg gaar saa tidt herned.

-Ja ikke sandt?—Ellen lagde Krandsen paa Graven—her er høitideligt her under Granerne? Det er mit Yndlingssted ...

-Meget høitideligt.

De taug lidt. Oppe susede Granerne. Og inde mellem Stammerne laa Mørket svalt og duftsvangert.

-Jeg elsker Granen, sagde hun. Det er et fornemt Træ—den pludrer ikke.

Denne Susen minder om gamle Kvad.

-Mig minder det om hjemme—

-Om Bøhmen?

-Ja—Aa—De ved ikke, Frøken Maag, hvor der er smukt: Sommernætter—naar

Floden glider langsomt, som en Kæmpesnog, der bugter sig i Mørket ...

Høiderne som mørke Silhuetter rundtom ... Nat efter Nat kan man lytte

til den glidende Flod—saa tyst—mens den iler og iler og iler ...

Bredderne kan ikke holde den fast—ikke med Kærtegn og ikke med Granernes Hvidsken.

-Og saa Bjergskovens Duft, som synker derover ...

Han holdt inde, og sagte, uden at løfte Hovedet, der hvilede mod Monumentet, sagde hun.

-Ja—det er smukt.

Der blev atter en Taushed, Schønaich bøiede sig over Roserne.

Han rettede sig igen og i en helt anden Tone sagde han:

-Men det bliver altfor køligt for Dem—

Ellen foer sammen: Hvilket?—Hun var saa langt borte—ja, det bliver køligt.

Underligt ilfærdigt kom de op, og de fik Gitret lukket og kom ud gennem Granerne. Men igen vidste de ikke, hvad de skulde sige, mens de gik ved Siden af hinanden, meget hurtigt. Og de skiltes nedenfor Terrassen med et Buk og en stum Hilsen, ganske fremmed.—

Ellen gjorde sin Uret god igen. Hun saa ofte Officererne, navnlig Generalen og Schønaich. Mod Generalen var hun altid indtagende elskværdig, red ofte med ham i Omegnen og spillede Croquet Timer itræk midt i Solheden.

Mod Schønaich var hendes Væsen uens.

Naar de var sammen, og hun var mest livlig, fortalte og spurgte, kunde hun med ét, naar han gik blot den mindste Kjende over et Bekendtskabs snævre Rettigheder, blive taus og urørlig; saadan som hun kunde blive det, naar hendes Blik paa en Gang blev tomt og uden Deltagelse, og hun lænede sig tilbage i sin Stol med Skuldrene lidt skudt op og Hovedet paa Siden paa den stolte Hals. Hun saa ikke og hørte ikke.

Hun stod under Schønaichs mest brændende Ord, helt ligegyldig, og hørte ikke, studerede blot de Maagers Navnechiffer paa sin Elfenbensvifte.

Men til saadanne Tider laa der noget som Kamp i Luften; Schønaich vendte sig helt fra hende og talte kun til de andre. Men hans Ord blev æggende med Dobbeltklang og Underforstaaelser, og han kæmpede just for at binde netop den, han lod, som han ikke saa mer.

Og oftest lykkedes det. Thi Schønaich forstod at tale. Han havde set meget, læst mer end de fleste og oplevet en Del. Saa havde han en egen, stærkt personlig Maade at tale paa, malende, i korte, varme Sætninger, der kunde stige og stige og tage Fart og Fart— for saa igen at glide ud og dø hen i en underlig vag Distraktion, og den, som talte, var pludselig saa langt borte fra sine Ord, træt og uinteresseret. Og han greb Billederne, kraftige og farverige som de kom, ogsaa barokke og outrerede, men altid skiftede de, og han kunde forelske sig besynderligt i et enkelt Ord eller en enkelt Sætning, og saa kunde han gentage den i sin Tale, saa den kunde blive som et Musikstykke, hvis Thema kommer igen og kommer igen.

Saa tvang han Ellen til at høre, Viften faldt ud af hendes Haand, og hun sank drømmende sammen; og mens hun stirrede paa Schønaich, kunde der komme i hendes Øine noget stift og angstfuldt, som bad saa bange om at faa Lov til at fly.

Vendte han sig saa imod hende og spurgte hende om et og andet, blev hun rød, og det var sjældent, hun fandt Ord til at svare.

Hun satte sig ofte stille, langt fra ham, men altid saa hun kunde se ham, naar hun vilde. Thi Schønaich var saa smuk, naar han talte. Oftest sad hun dog med Haanden under Kinden og hørte kun paa hans Stemme, der var blød og altid dæmpet. Men alligevel kunde Ordene komme febrilske og uens som bankende Feberpulse i hans Tale.

Naar Ellen var alene, sad hun oftest hen, drømmende med et Arbeide i sine Hænder. Eller hun tog sig feberagtigt af mange Ting den ene Dag, for at lade dem ligge urørt den næste. Hun blev urolig, blev ofte hurtigt rød og hurtigt hvid uden Grund, og hun kunde synge og græde i samme Time.

Maaske kom det dog altsammen kun af Søvnløshed.

Ellen gik for sent til Ro; naar alt var blevet stille i Huset, listede hun sig sagte ud af sit Kammer ned i Havestuen. Hun aabnede Døren uden Larm, og angst for at vække Gaardens Hunde, sneg hun sig lydløst henad Terrassen. Augustnatten var kølig og mørk, og foran det tause Mørke inddrak Ellen, mens hun drømte, Havens tunge Duft.

Saa sad hun Time efter Time, stirrende mod Mørket og Augustnattens Stjerneskud.

Her var godt, køligt og taust. Her kunde hun være alene.

Alle Tanker—her fik de komme og gaa—alle Længsler—her fik de nye Haab. Og her kunde hun græde i Fred.

Hun græd ikke af Glæde og ikke af Sorg, Taarerne kom uden at hun vidste det, og mens hun græd, bad hun til Gud, hun næsten havde glemt, troskyldige Bønner.

Timevis laa hun ogsaa i sit Kammer om Natten, glad ved blot at ligge her vaagen—det var saa lykkeligt ...

Alt var bedst, naar man var ene.

Kom hun til en Kilde i Skoven, timevis kunde hun lytte til dens Rislen; glæde sig over en Pils Speiling i et stille Vand, og den mindste Sky paa Himlen kunde hun følge paa dens Vei ...

Men høist elskede hun dog Bakkerne i Skoven, der hvor man kunde se Havet. Hun laa der ogsaa nu, som dengang hun var Barn, Eftermiddagen lang paa den solrige Banke, uden at mærke hverken Dag eller Varme. Hun stirrede ud mod den lyse Stribe, der, i Horisonten, hvor Havet laa.

Og sin Moders Grav. Der var hun helst. Hun havde faaet saadan en stærk længsel efter sin Moder i den sidste Tid, denne blonde, blege Moder, som hun aldrig havde kendt; og her syntes hun, hun var hende nærmere.

Saa var her altid køligt, og de sene Roser duftede. Om Aftenen susede Granerne, og mellem Stammerne hørte hun Kilderne, der rislede ...

Ellen havde mødt Schønaich inde i Lindegangen, og de var kommet i Samtale. Saa var han fulgt op med, og nu sad de inde i Havestuen ved Flygelet.

-Kan man ikke være lykkelig—hvor vil De dog sige det, Grev Schønaich—Som nu jeg idag—iformiddags, da jeg laa paa Bakken —der, De ved, hvorfra man ser Havet. Jeg var redet derop gennem Skoven—der var saa køligt og saa friskt under Træerne—og saa derude Havet og Luften saa klar—Jeg ved da kun, at jeg gav mig til at rende ned ad Bakken midt i Solheden, og sang, mens jeg løb ...

-De er maaske en lykkelig Natur?

-En lykkelig Natur? De mener et Menneske, som tager let paa alt? Nei, det tror jeg ikke, at jeg er—

-Heller ikke jeg—Men jeg tror ikke, der er andre lykkelige end de, som ikke tænker.

-Lykkelige—ja—det er saa stort et Ord, og man ved knap—hvad man mener med det—men tilfredse saa—kan man da heller ikke være tilfreds?

-Tilfreds? Aa jo—de, som bryder sig om det. Tilfredshed er Lykkens Surrogat.

-Det er saa haanligt sagt.

-Aa nei—ialfald ikke ménte. Tilfredshed er en Slags Forsagelse, og Forsagelsen er just min haabløse Kærlighed. Ser De, Frøken—aa nei—hvor kan De forstaa det?—dertil er De, Gud ske Lov, for ung —

-Vist ei, forklar mig, hvad De mener.

Schønaich havde reist sig.

-Der er Mennesker, tror jeg ... der er de fødte længselsfulde, Utilfredsstillelsens jagede Børn. Vi er rastløse Vandringmænd paa solhede Veie—vi afsøger hver en Kro. Og aldrig er det denne— altid den næste, der er vore Forhaabningers Kreml. Ser De den Flok paa Marschen? De er de tørstige, som ledes ved at drikke—de altid larmende, der er forelskede i Fred. Vi køber Himlens

Aftenrødes Guld med vort Blod—en Slags evindelige Skyfavnere.

Han standsede og lidt efter sagde han:

-Og denne Flok skælder man ud: de er Samfundets uvederhæftige, Stemningers Løgnere ... De er Stamgæster hos Nydelsen og Forsagelsens landflygtige Elskere.

-Ingen tror dem, alle dømmer ...

Schønaich taug—Ellen havde bøiet Hovedet ned mod Flygelet. Da hun løftede Ansigtet, saa Schønaich, hendes Øine var fugtige.

-Skal jeg synge lidt?

Ellen nikkede, reiste sig og gik bort fra Flygelet.

Schønaich sang. Lidt efter gik han.

Aftenen efter mødte han Ellen, da hun kom fra Moderens Grav.

De hilste venligt paa hinanden og uden at sige noget, gik de begge henimod Lindegangen. Da de havde gaaet nogle Skridt derinde—standsede Ellen.

-Jeg har en Ting at sige Dem, sagde hun.

Schønaich ventede. Men Ellen gav sig igen til at gaa og førte Haanden mod Brystet: Det var maaske bedre ikke at sige det, sagde hun kæmpende, bedre det ikke blev sagt.

Men lidt efter standsede hun igen, og mens hun rakte Haanden frem imod ham, sagde hun blidt og roligt:

-Jeg vil sige Dem det, Schønaich, at jeg tror paa Dem.

Schønaich skælvede. Og i en Følelse af dyb Ærbødighed, han aldrig havde kendt, bøiede han sig og trykkede et Kys paa hendes Haand. Tak. hvidskede han, Tak, at De tror mig.

Saa gav de sig til at tale. De talte dæmpet og blødt, med Stemmer, der skælvede.

De talte pludselig fortroligt:—om de første Dage, de havde set hinanden, om hver en lille Hændelse og hvert et Blik.

De nævnede ikke hvad nu var, intet Ord om Kjærlighed ... Men de gik ved Siden af hinanden under Lindene, som duftede, og hvert Ord, der blev hvidsket, var en Tilstaaelse, og hver Tone lød som en Tak.

Og efterhaanden som de gik, lænede Ellen sit Hoved til hans Skulder, og bøiet over hende, hvidskede han endnu sagtere; og blev der en Taushed, mødtes deres Blik, mens de smilede, og de hørte Vindpustene, som sukkede i Lindebladene, og den fjerne Støi fra Markerne, hvor et Par Hunde gav sig til at halse i Stilheden.

Undertiden skjælvede Ellen, og hun lænede sit Hoved fastere til hans Skulder, mens hun sukkede.

-Hvorfor sukker De? hviskede han.

Hun svarede ikke; mens hun smilede med duggede Øine, blev hun ved at hvile lænet til hans Bryst.

-Schønaich, det er blevet silde, sagde hun saa. Jeg maa gaa. Og hun gav ham Haanden uden flere Ord, og de skiltes ved Enden af Lindegangen.

Men Schønaich blev ved at gaa frem og tilbage i Gangen; og han hørte Havedørene blive lukkede paa Terrassen og et Par Vinduer blive slaaet i. Saa var alt ganske tyst. Og han gik langsomt hen over Plænen, der laa lys i Maaneglandsen, og han stirrede op mod Huset, hvis hvide Taarne skinnede i Skæret. I det østre Taarn var et Vinduet aabnet, en Skikkelse stod bøiet ud over Karmen. Schønaich listede sig sagte frem, angst for hver Støi.

Jo, det var hende.

Hans Hjerte bankede, og gjemt i Skyggen af en Blodbøg, betragtede han, næsten uden at turde aande, taust den Skikkelse, han elskede.

Ellen laa ubevægelig,Saaledes drømte de begge—nær hinanden —i den stille Nat.

* * * * *

V.

Felix von Schønaich vidste ikke mere Rede paa sig selv. Han syntes kun, at han var bleven tyve Aar igen, og det var længe siden, han havde været saa lykkelig. Saa brød han sig kun lidt om at tænke paa Fremtiden. Og heller ikke Ellen tænkte langt: hendes atten Aars Tanker kom jo aldrig længer end—var han borte—til en evig Længsel; var de sammen, hvilte de i et dybt Behag.

Og de var ofte sammen.

Hun red over til Bakkerne, og de mødtes der. Hun kom først, og hun bandt Hesten til et Træ og satte sig under Egene for at vente. Men fem Minutter syntes hende Evigheder, og hundrede Gange speidede hun; og hun vilde ride bort igjen, siden han ikke kom, og mens hun sagde det, satte hun sig igjen for at bie.—

Saa kom han, og de sad der sammen under Træerne og stirrede ud paa de bølgende Bakker og Dalstrøget, hvor Aaen snoede sig gjennem Engene. Men pludselig sprang Ellen op, og de gav sig legende til at løbe omkaps som et Par Børn. Og de lo, naar de snublede, og de lo, naar Ellen skreg af Angst for en tykmavet Snog.

Forpustet naaede de Dalen. Han havde fanget hende, og Arm i Arm gik de langsomt hen over Engene mod Broen over den lille Aa. Der standsede de, og Ellen gav sig til at raabe paa Ekkoet, som svarede langt borte; og de lod deres Kælenavne lyde gennem Dalen.

Eller de gik i Skoven, bort fra den banede Vei ind langs uveisomme Stier, hvor Brombær spærrede for deres Fødder og Buskenes Grene slog imod deres Kinder. Da blev de ved at gaa og gaa under de grønne Træer, og de vidste aldrig, hvorlangt. Thi de havde altid, mens de gik, tusind Spørgsmaal og tusind Svar.

Saa kom de til et Træ, hvis Rod var dækket af blødt-fristende Mos. De satte sig ved Siden af hinanden, og pludselig grebne af Tykningens dybe Fred, holdt de op med at tale. De sad kun nær hinanden. Og deres Hænder mødtes.

Men pludselig slog Ellen Øinene ned, og læmpeligt tog hun sin Haand ...

Og paa en Gang sad de begge forlegne uden at sé paa hinanden, grebne ved Stedets dybe Fred.

Saa reiste de sig, og uden at tale gik de ind gennem Skoven, hvor det begyndte at mørkne.

Skumringens blaalige Taage slørede Træernes Omrids, og ned fra Kronerne sank Tusmørkets kølende Luft svalt mellem Træerne. Mens oppe fra Løvværkets Tag tusind tindrende Glimt fra den synkende Sol gled gennem Bladenes Mørke.

De kom ud af Skoven, langs de høie Bakker. Luften var tung af Duft fra den blomstrende Lyng, Solen gik luende ned bag Vestens Banker.

Og mens de hvisker til hinanden tusinde milde Ord, synker Natten over Eng og Høie.

—Men, hvor de oftest mødtes, var ved Graven.

De elskede Stedet. Plettens tunge Alvor slørede deres Sind med mild Sorgmodighed. Her aabnede Ellen sit Hjerte og siddende ved Moderens Gravsten fortalte hun om sin Barndoms Kummer. Hun fortalte om sit ensomme Liv og om Faderens Elendighed.

Saa talte ogsaa han. Og Ungarns hele Skønhed med de vide Stepper og de store Floder—den fik Liv her ved de Maagers Gravsted. Ellen hørte:

Donaus stille Gliden, Skovens Suk paa Siebenbürgens Bjerge, Aftenklokkers Lyd over Steppens Vidder ...

Da kunde Ellen, naar han taug, hviske sagte:

-Felix, her vilde jeg gjerne dø.

—Det var Aften, og de kom fra Graven. Høstens Dag havde været tung og hed.

Nu var Aftnen kommen, men med Tordenluft. Eksotisk kvælende som altid før et Uveir steg fra alle Blomster, sank fra alle Træer, Havens Duft.

De var gaaet tause gennem Skoven og døsigt trætte satte de sig nu i Lindegangen.

-De spiller, sagde Ellen. Fra Gaarden lød ud gennem Haven nogle klagende

Toner af Violiner og Horn.

-De leger Begravelse, sagde Schønaich. Deres Yndlingsleg.

Ellen hørte det ikke. Hun sad med lukkede Øine og lyttede til Musiken, der steg op til dem dæmpet og høitidelig. Naar Hornene taug, hørte man Violinernes lange Toner, sorgfulde, og Soldaternes Klage-Raab i Musikens Takt.

-Hvad er det, de spiller, spurgte Ellen igen. Hvad er det?

Men paa en Gang blev alt ganske tyst, og man hørte kun Støien af Fodtrin mod Gaardens Stenbro. Kom, det er forbi, sagde hun. Lad os gaa. Hun reiste sig, men i samme Nu foer hun sammen. Felix, Felix, hvad er det dog? sagde hun; der lød fra Gaarden et langt og hundredtunget Skrig.

Schønaich drog hende til sig. De begraver ham, sagde han. Vent blot.

Hun forstod ham ikke. Hun lænede stille Hovedet til hans Bryst; de hørte kun en enkelt Violin.

-Det er Guyla, der spiller.

Ellen aabnede Øinene, og mens hun trykkede Hænderne mod sine brændende Tindinger, sagde hun igen:

-Kom—Felix—lad os gaa.

Schønaich reiste sig ikke. Sé, sagde han. Pludselig gled et rødligt Skær af mange Fakler hen over den hvide Bygnings Mure. Nu kommer Toget.

Ellen gik frem. Hun stirrede paa det store Tog, som langsomt gik langs Terrassernes Hæk. Soldater i hvide Lagener rundt om en Baare. Fra Snese Fakler faldt de røde Flammer over Havens Træer.

Violinerne lød.

Ellen stod støttet til et Træ. Faklernes Skær faldt pludselig paa hendes Ansigt.

Og da Guylas Strenge atter lød gennem Skoven, afbrudt af klagende Raab, slap hun Træet og sagde endnu en Gang: Felix— kom—jeg vil gaa.

Men hun blev. Hun følte Schønaichs Arm gribe saa fast om sit Liv, følte hans Kys brænde mod sine Læber ...

Schønaich—Felix ...

-Ja—ja—jeg elsker Dig, elsker ...

Svimmel gav hun sit Ansigt hen til hans Kærtegn ...

Men da brast hun i Graad og ubeskrivelig klagende, halvt som et Skrig, hviskede hun:

—Hvorfor har Du saa elsket mig?

En Sky stod over Gravens Vand: Faklerne kastedes i Baal.

* * * * *

Ellen havde spillet. Generalen blev meldt.

Ellen vilde nægte sig hjemme, men den gamle Herre stod allerede i Døren.

Saa reiste hun sig, og gik ham imøde.

Hun var besynderlig fortumlet, og de havde talt en Tid, og hun havde spurgt og svaret mekanisk uden at vide, hvorom der blev talt. Saa vaktes hun ved Schønaichs Navn.

-Grevinden skal være i Vente, sagde Generalen.

-Hans Søster?

-Nei—hans Frue?

Ellen saa op, forbauset. Og uden at forstaa gentog hun: Hans Frue.

Men et Nu efter sagde hun:

Ja—Det er sandt—aa, man glemmer saa let, at Grev Schønaich er gift.

VI.

Børnene havde hørt op med at lege ved Nørup Kær, og Aftenklokkerne havde lydt over Engen. Det sidste Skær af Solen sluktes over Thorsholm Skov, og den bølgende Damp fra Mosen var kold og fugtig. Men Pastor Holm og Ellen mærkede det ikke, og de blev ved med deres evige Vandren frem og tilbage langs Engveien.

Den unge Præst havde talt længe og varmt, nu gik han taus ved Siden af Ellen, der var meget bleg. Men da de naaede Skovkanten, og Ellen blev staaende bestandig uden at tale og med Øinene mod Jorden, sagde Holm lavt og møisommeligt.

-Har jeg da krænket Dem saa dybt, at De ikke vil svare mig?

Ellen løftede Ansigtet, og han saa, at hendes Øine var fulde af Taarer:

Nei, Holm, nei—men hvorfor har De talt?

Hun gik atter frem, og Holm fulgte. Mens han talte, tog han Straahatten af, Haaret laa klæbet til hans Pande.

-Hvorfor? Tro mig—ikke fordi jeg havde Haab, aldrig, fordi jeg havde Haab. Jeg har aldrig været dum nok til at nære Haab. Jeg har vidst det fra den første Dag, at min Kærlighed var ulykkelig og tabt —det maa De tro. Men det var deres Ven, jeg ikke mere kunde være, dette Venskab fra Dem kunde jeg ikke holde ud ... Kan De forstaa det, Ellen Maag, forstaar De—hellere intet end Dag for Dag at gaa som Ven ved Siden af den, man elsker. At tale to Sprog og veksle Guld med Kobber ...

Han taug og blev ved at gaa med Hatten i Haanden. Bedrøvet som før sagde Ellen:

-Og nu, Holm, hvad nu? Er De nu lykkeligere?

-Lykkeligere? ... Nei ... men nu kan vi idetmindste ikke være Venner ...

Ellen rystede paa Hovedet og gav sig til at tale langsomt og sørgmodigt. Men efterhaanden blev hun varm, og hvad hun sagde, skælvede af undertrykt Bevægelse.

-Holm, sagde hun. De har ikke handlet ret. Hvorfor døber man dog altid Egoisme med Kærlighedens Navn? Jo—Egoisme. Thi De vidste jo dog, at dette Venskab var for mig noget dyrebart og kært. Og dertil tog De ikke Hensyn—De, som siger, at De elsker mig! Men jeg ved det, Holm, at Kærligheden handler saaledes: Kærligheden har ingen Tanke uden paa sig selv ...

-Ellen Maag—det har jeg ikke fortjent ...

-Tro mig, Holm, jeg bebreider Dem intet. Lad os blot tale om Dem, om hvad der nu vil ske med Dem. Jeg tror, De lider nu—men sagde De ikke selv, De havde aldrig haft Haab? Hvordan, er det saa kommet hertil, Holm, til dette idag? Thi Kærligheden kommer ikke paa én Dag og fødes ikke paa en Time—og er den uden Haab og faar den ingen Næring—og jeg har aldrig næret Deres Kærlighed

—da kan man kæmpe med den og man tør ikke lægge sig villieløs ind under dens Aag. Men De har hyllet og vævet Dem ind i Fantasier—jo Fantasier—og Ønsker—indtil nu, hvor De lider —Jo, Holm, Fantasier—

-Hvor kan De kalde det en Fantasi? Kender De da ikke mit Liv? Jeg var næsten tredive Aar, da jeg mødte Dem—tredive Aar og kendte ikke andre Kvinder end min Moder—Og samme Nu, jeg saa Dem, tog De min Villie og mit Liv—alt tog De fra mig, hvad mit var, og lod det bare kredse om Dem og elske Dem og forgude Dem—aa, saa vanvittigt forgude Dem—Og saa kalder De det for en Fantasi ...

Ellen udstrakte Haanden: Holm, bad hun, vi vil ikke skilles saadan.

-Jo, Frøken Maag, saadan maa vi skilles.

Thi aldrig vil De erfare blot en Tusindedel af alt, hvad jeg har lidt, mens jeg har levet her paa Deres Venskabs Kost med min Kærlighed—og én Gang skal De vide, at jeg dog har været Mand og elsket, som alle de andre. At der var ikke det Øieblik, hvor ikke Deres Læber var mig en Fristelse, ikke den Time, hvor jeg ikke tørstede efter Deres Kys, ikke den Dag, hvor jeg ikke var vansmægtende i Fortvivlelse ... Aa Ellen Maag, jeg ved det, nu har De kun tilovers for mig lidt Sorg, og De vil sky mig, naar vi nu skilles ... Men dog—dog er det bedre saadan ...

Han sank sammen og med ludende Hoved gik han nogle Skridt ved Siden af hende. Da sagde han tonløst og standsede:

-Og nu—gaar vi hjem.

Ellen rakte Haanden frem, men Holm tog den ikke.

-Holm, tag dog min Haand.

Han tog den mellem begge sine Hænder, som skælvede, og med et dybt Suk bøiede han sig og kyssede hendes Haand.

-Lev vel—hviskede han.

* * * * *

Saa var altsaa ogsaa det forbi.

Ellen havde ladet tænde Lampen i det østre Taarn, og Tjeneren havde bragt The. Men hun havde ikke rørt den. Distræt og hvileløs var hun draget rundt i Værelset, pillende ved en Blomst; rettende paa en Pude; skruende Lampen op; stadig i de samme Tanker.

Nu sad hun lige under Lampen med Hænderne begravet i det opløste Haar, og hun mærkede ikke Køligheden fra Terrassen eller Natsværmerne og Uret, der lød hvert Kvarter. En Gang imellem stirrede hun rundtom sig, distræt som en, der vaagner, og sukkede dybt. Men lidt efter faldt hun atter tilbage i sit forstenede

Drømmeri.

Det var altsaa forbi—ogsaa det. Og—hvorfor ikke, hvorfor? Hun havde jo ventet det, vidst det ... Nu var det kommet som det andet ... og man vænnede, man vænnede sig til alt.

Jo—Vanen glattede Livet ud ... hun havde vænnet sig til meget. Til alt—til alt—var hun vant.

Hun smilede: Ogsaa til Skændslen.

Mens hun sank dybere sammen i Stolen, tænkte hun paa sit Livs Taagedag.

Hun havde kun en Tanke den Dag, da Døren havde lukket sig efter Generalen, den at fly. Og hun gik som Soldater rømmer, naar Fjenden er over dem, de tager intet med, bare de forlader og flyer. Saaledes gik hun til Veile.

Men da Vognen var forspændt, og hun allerede stod paa Trappen, vendte hun sig, og gik tilbage til Havestuen; og hun lukkede Døren efter sig og traadte ud paa Terrassen. Foran hende laa Plæner, Skov og Marker.

Og bleg og hjælpeløs foran denne Have, løftede hun Armene i afmægtig Kummer ...

Hun fandt Bedstefaderen blind og lallende, et Menneske i Opløsning. Men hun pleiede ham ikke, bekymrede sig om ingen og intet. Naar hun vaagnede om Morgenen efter en lang Søvn, tung som et Mareridt gik hun ned i "Moders Lysthus" og laa der i en Døs, følesløs som en Besvimelse. Hun forsøgte slet ikke paa at arbeide. Men undertiden kunde hun pludselig vaagne af sit Blund, og hun havde glemt alt hvad der var sket. Og hun laa og smilede ved en Erindring om sin Kærlighed.

Hun kunde nævne hans Navn saa blødt og længe.

Men paa en Gang huskede hun, og med et mat Suk faldt hun tilbage i sin Bedøvelse.

Der kom imidlertid en Tid, hvor hun vaagnede helt. Hun sad de lange Efteraarsdage dumpt tungsindig og ørkesløs i de raakolde Stuer, hvor hun ikke gad hygge om sig, og hun stirrede ud paa den snævre, livløse Gade, og hørte Bedstefaderens rallende Hoste i Rummet bag Butiken. Og fortvivlet sad hun der Ansigt til Ansigt med sit trøstesløse Liv.

Her skulde hun altsaa leve, her et lavloftet Liv med et levende Lig i Forraadnelse eller hjemme med en Dranker, hendes Fader. Og her skulde Livet gaa hen, elendigt, Dag efter Dag, graat og altid det samme ... Her skulde Aarene komme et kvælende Lagen af Sand og begrave hende Tomme for Tomme—

Men undertiden kunde hun ogsaa reise sig fortvivlet: da græd hun timelang afsindige og meningsløse Taarer, og magtesløs truede hun ad sine Dages Taagehær.

Men atter faldt den om hende den graa Tungsindighed, og uden Forandring gled det atter Dag efter Dag.

Sand—Sand—Sand—

Og efterhaanden blev dette Tungsind besynderlig tomt og sjælløst. Det blev til et Mørke, hvori Ellen rugede over sig selv og var ligegyldig for alt andet. Intet havde Værd—slet intet.

Hvad var vel dette høieste, for hvilket hun havde givet sig hen? Saameget just, at hun foragtede sig selv. Saa dyrt købte man saa lidt.

Hun kendte Livet og vidste, det var tomt, Menneskene og forstod, at de var Løgnere. Og hun begyndte at dyrke sig selv, og hun besteg sin Pessinisme ligesom en Fodskammel, der løftede hende over Mængden.

Langsomt blev hun sig selv nok. Vilde ikke vide noget af andre.

De livløse Ting begyndte at spille en Rolle i hendes Liv. Hun elskede Komfort for dens egen Skyld, og hun blev gridsk paa hver af Tilværelsens Behageligheder. Og hendes Kærlighed til alt dette raffineredes. Det var det sjældne, det bisarre og det besynderlige, hun fandt Behag i.

Om Vinteren, da hun var vendt tilbage til Thorsholm, fik hun Midler nok til at tilfredsstille denne nye Trang: gamle Lind døde, og den Formue han efterlod sig, var større end nogen anede. Ellen blev pludselig mere end rig, Renterne af den stort Kapital tilflød hende uafkortet. Hun kunde handle, som hun vilde.

Et Par Maaneder efter døde Faderen af Apoplexi. Hun tog en gammel fattig Rigsgrevinde fra Holsten i Huset.

Hun lod da Thorsholm restaurere og alle Værelser istandsætte. Hun havde ligesaa mange Luner, som der var Timer paa Dagen, og hun bragte Arkitekten til Fortvivlelse, Men pludselig blev hun ked af det hele, lod ham skalte, som han vilde, og indrettede blot i det østre Taarn en Leilighed til sig selv efter alle Parisermodernes Mønstre. Hun polstrede sit Boudoir som en Æske, og over udfordrende Divaner lod hun Bedstefaderens Hyrdinder komme til ny Værdighed paa de kapitonerede Vægfelter.

Haven blev lagt om. Den blev rig paa pragtfulde Bede med alle Bladplanters Nuanceringer, og et Net af Kanaler blev ledet gennem dens Anlæg. Der var en fransk anlagt Plet: med lige og symmetriske Gange; midt i Anlæget et Springvand med en mosgroet Kampestenskumme. Rundt om mange Stenvaser med Vaabenskjolde. Kanaler, lige, som dens Gange omgav den franske Have.

Den var med sin stiliserede; og kolde Fornemhed blevet Ellens Yndlingssted.

* * * * *

Ellen gik ned ad Stentrappen med Winsløw, Arkitekten, og skærmende mod Solen med sin Parasol, gik hun over Broen til den franske Have.

-Hr. Winsløw, sagde hun, De dømmer uden at forstaa. Hvad De kalder aristokratiske Fordomme er en Races nødvendige Meninger. Jeg anser mig virkelig ikke for bedre men for anderledse end—end … Demokraterne. Jeg føler ikke som de, kan ikke leve som de … der er en Raceforskel imellem os …

-Og hvorved opstaar denne Raceforskel?

-Ved Opdragelse, ved Indtryk—ved alt … Jeg for Exempel.—Jeg husker en Gang, et Menneske kaldte mig en Robinson. Han vidste ikke, hvorom han talte … Robinson levede ene paa en fremmed Ø. Jeg har levet og modtaget mine Indtryk her. Dette Sted har opdraget mig. Men det er netop det, som De ikke forstaar. Mennesker, som ikke kender deres Forfædre, som ikke eier og ikke vandrer paa den samme Jord, ved ikke, hvad det vil sige at være omgivet af sin Slægts Værk, Arbeide; at være omringet af dens Skygger, at møde den ved hvert Skridt …

Ser De, sagde hun, og standsede—De har aldrig vidst, hvad man føler blot ved Dag for Dag at møde de gamle Navnechiffre der paa Taarnene. Den har istandsat det, den det …

-Og den ødelagt det …

-Vist saa … men selv den, der ødelagde, levede her, besad dette.

Følelsen af Besiddelse bestemmer saa meget hos os. Og tro mig— hos de bedste af os udvikler den Følelsen af vort Ansvar. Den gør dog Aristokraterne til fødte Førere i Samfundets evige Strid: De føler baade Besiddelsens Lykke og dens Pligt.

-Mener De virkelig det, naar De ser paa den Samling, der hedder vort Aristokrati?

-Jeg mener, min kære Winsløw, at De ogsaa der dømmer hastigt ... "Vort Aristokrati"—jeg skal sige Dem, vort specielle Samfund var sunket hen... De trak sig ud af det hele—og netop de dygtigste, fordi Frederik VII saarede mer end deres Standsfølelse nemlig deres Takt ... saa blev de hjemme ...

-Og blev ikke klogere, Frøken Maag.
-Det er sandt. Deres Horisont blev snæver. Naar et Aristokrati har en død Tid, maa Horisonten blive snæver, det ligger i Sagens Natur. Idéerne, hvorpaa vi lever, er faa ... men de er store ... Hun standsede igen. Tilgiv mig, sagde hun, hvis der er Spring i min Tanke ... men jeg sagde før, at Stedet her havde opdraget mig, Alt her har opdraget paa mig, Huset, de store Træer i Haven, Billederne i Riddersalen—alting ... Jeg søgte at faa disse Folks Historie at vide, hvis Billeder jeg saa ... Den havde været Admiral ... den Gesandt ... den havde vundet—eller tabt et Slag ... Men allesammen var de Maag'er, alle havde de tjent Kongen, Landet, om De vil ... Slægtfølelsen føder det næste hos os: Patriotismen ...
Ja-a, Landet ... vel snarere Kongens hellige Person ...
-Maaske—jeg tilstaar det ... Jeg er Royalist, Legitimist om De vil. Men ... de bedste blandt os vilde dog ogsaa give Liv og Blod selv for en Republik, naar den var deres Fædreland ...
Ellen talte sig varm:
-Men, ser De, for os betyder "Kongen" noget. Han er en Del af vor Arv, af vor Overbevisning ... Men heller ikke det, forstaar De vel. De kalder det for Snæverhed som hos de bedste er en urokkelig Overbevisning. Og lad Folk ogsaa have Lov til at kalde vort Liv snævert—sig mig saa, tror De ikke paa den anden Side, det samme Liv—Livet her—og hun pegede rundt—gør mange Følelser noblere, udrydder megen Smaalighed, holder fjernt fra meget meleret, som pletter deres Demokrater.
Hun taug lidt og betragtede Haven i dens sollyse Ro.
Tror De da virkelig man Dag efter Dag kan leve her uden at erhverve sig en vis Sindets Noblesse? Det er ingen Fortjeneste at staa udenfor Brødkampens Smuds, Hr. Winsløw—men det er en Lykke, og denne Lykke er det som mer end noget skaber Racen i os. Der er Ting, til hvilke jeg aldrig kunde nedlade mig—

Handlinger, jeg aldrig kan forstaa—det er dem, som lægger ...
lægger Mile mellem mig—og disse Folk.

Ellen lænede sig til Bassinkanten og saa paa Guldfiskene, der
skinnede i Vandet.

Winsløw betragtede hende ... Han saa fra hendes Skikkelse
udover Haven, fornem med sine regelrette Bede og sine Stenvaser.

-Ja—sagde han—De passer til dette Billede.

Ellen lod Vandet falde draabevis ned paa sin Parasolspids, hun
havde vadet i Bassinet.

-Saa glider det hele saa deilig nemt ud i en Kompliment, sagde
hun.

Hun gik atter, rank, hen ad Gangen, og lidt efter sagde hun:

-De maa, naar De dømmer et Aristokrati, ogsaa huske, at selve
dets Stilling exponerer alle dets Medlemmer. Ingen undgaar
Opmærksomhed—i andre Samfundslag kan Middelmaadighederne
skjule sig ...

-Men saa er det paa den anden Side der saa meget lettere at gøre
sig gældende. Man har fra Fødselen et Fodstykke ...

Ellen svarede ikke. Hun satte sig paa en Bænk og sagde:

-Jeg tror desuden ganske vist, de yngre af vor Kreds bliver
dygtigere ... De bedre Kræfter blandt dem tager fat. Men husk, der
skal næsten som begyndes helt fra nyt. Desuden giver selve
Landbruget vist i denne Tid meget at bestille—det maa man først
tage sig af ... Siden vil det andet komme. Den unge Grev
Gyldenkrone har Ret, naar han siger: Man maa begynde et Sted for
ikke at gøre det hele snavs ...

Er det nu altsammen Hebraisk for Dem, Hr. Winsløw, De er blevet
saa taus?

-Hebraisk—aa nei—det er bare helt andre Idéer end dem, de
9,999 af 10,000 lever i—

-Ja—det tror jeg. Men jeg vilde vist ikke have levet denne Dag,
hvis jeg ikke havde haft min Slægt til Rygstød. Jeg har haft den til at
leve Livet med ... Derfor vil jeg ogsaa dø som Aristokrat ...

—Men Tante kommer deroppe paa Trappen ... Hun leder vist
efter os ...Ellen reiste sig, og Hr. Winsløw fulgte ...

* * * * *

Ellen blev mer og mer Aristokrat. Hendes Følelse af Ensomhed
gjorde hende dertil og mer og mer—dyrkede hun sig selv.

Hun gik ikke klædt som andre, hun skabte sine Moder selv.
Hensynsløse, hensigtsklare Moder, som tegnede hver en Linie af

hendes skønne Legeme. Men denne Skønhed, der blottede sig, var kysk i sin Blottelse; den var altid kold og leflede aldrig med Beundringen. Hendes Skønhed henvendte sig ikke til nogen.

Hun dyrkede kun sig selv og sin egen Urørlighed.

Hun omgikkes ingen, kendte faa. Hun udfyldte selv sin Tid. Det var Musik, hun havde givet sig til øve, og hun gav sig til at uddanne sig med en Energi, som om hun skulde fortjene sit Brød ved Pianoet. To Aar havde hun modtaget Undervisning af en udmærket udenlandsk Mester, en af Pianoets Heroiner, som lidende maatte udhvile efter sine Kunststrabadser, og som Ellen her betalte fyrsteligt for den givne Vejledning. Hun lærte meget af sin Lærerinde, og de delte i Musiken ganske samme Smag.

Thi det besynderlige var, at Ellen i Musiken kun dyrkede alt det febrilske og nervøse. Ved Siden af Chopin havde hun stillet Rubinstein og Liszt.

Undertiden kunde det derfor hænde, at en eller anden fremmed, som første Gang var sammen med Ellen Maag i Selskab paa et af Egnens Herresæder, faldt i en maabende Forbauselse, naar Værtinden ud paa Aftenen bad sin Gæst at spille, og Ellen rank og fornem tog Plads foran Flygelet, og naar hun havde slaaet sin Vifte sammen og lagt den fra sig, begyndte at spille—al denne mærkelige Musik.

Thi denne Frøken Maag havde næsten indjaget ham Frygt. Saa fjernende havde hun hilst ham i sin urørlige Skønhed, saa lidet havde hun set hans beundrende Blik. Og der var over hendes Gang med Hovedet bøiet paa den slanke Hals en saa stoltbaaren Fornemhed, at man følte Trang til at vige og at bøie sig, hvor hun kom.

Men var den fremmede ung, kunde det saa hænde, at han, mens Rubinstein tonede fra Strengene, nærmede sig Flygelet og begyndte at vende Nodebladet. Og det kunde fremdeles ske, at han distræt og bøiet frem kom Ellen saa nær, at han strejfede hende ganske let.

Men da behøvedes kun en eneste Fjernelse af dette mørke Haar, for at han skulde huske sig om og vende Bladet i ærbødig Afstand med en Haand, der rystede en lille Smule.

Og denne Smag for det moderne, som en og anden mistydede saa beklageligt for ham selv, den viste sig hos Ellen overalt. Der var blandt Malerierne, hun samlede paa Thorsholm, en stor Del, hun havde ladet købe i Frankrig: blottede, kvindelige Figurer, Fauner og Nymfer, Venusfigurer og den sovende Endymion. Og viste hun sin mærkelige Samling til en eller anden, stod hun overlegent talende om Lys og Farver foran al denne Nøgenhed.

Saaledes levede Ellen Maag i disse Aar. Hvert Efteraar tilbragte hun i Paris med Rigsgrevinden.

* * * * *

Ellen var da blevet henimod seks og tyve Aar, da Holms blev forflyttet til Nørup. Hun sluttede Venskab med dem, og der kom noget mildere ind i hendes Liv. Luften var saa blød der i Præstegaarden med sin Have, der stødte op Kirkegaarden, og de lave Stuer, hvor gamle Fru Holm altid modtog hende med et glad Smil. Den unge Præst spillede Violin. Og saa Sommeraftener, naar Dørene til Haven stod aabne, og Kirketaarnet med sine Takker løftede sig mod en lys Himmel, mens de spillede Bach og Haydn, da følte Ellen som Andagt, og naar hun talte, blev hendes Stemme blødere og hendes Ord mildere,—thi de talte alle mildt og dæmpet i disse Stuer ... Udenfor sad Fru Holm og strikkede paa sin Strømpe, og Børnenes Stemmer lød fra Kirkegaarden.

Saa kom det iaften—

Ellen reiste sig og begyndte at gaa frem og tilbage. Saa satte hun sig igen og hurtigt med flydende Haand skrev hun:

-Ser De, Holm, jeg vil gøre min Pligt, redde Dem for Deres Kald og for Fremtiden. Men at redde Dem, min Ven, er kun at reise bort. Hvorfor jeg da ikke vil blive Deres Hustru? Fordi det kun vilde være et Bedrag. Hvad De kender og elsker, Holm, er ikke mig, som jeg er ... det er kun en Del af mit Liv, og paa en Stemning kan ingen af os leve Livet. Men tro mig, jeg lider, naar jeg nu drager bort, lider haardt,

for jeg holder saa meget af Dem. Men ægte Dem—det kan jeg ikke. Den, jeg skulde ægte uden Kærlighed, han maa være mig helt ligegyldig. Lev vel—bestandig vel.

Ellen.

Hun sad længe, og da hun allerede havde lagt Papiret sammen, aabnede hun det igen, og mens hendes Ansigt smertelig fortrak sig, skrev hun endnu de tre Ord:

-Glem mig ikke.

Saa lukkede hun Brevet. Men Morgenen fandt Ellen Maag bleg og forvaaget paa den samme Plet.

* * * * *

Der opstod en pludselig Forvirring, og Vognrækkerne standsede. Man hørte Kuskenes Raab der strammede Tøilerne og Betjentenes

"Avancez-avancez", som lød skarpt gjennem Spandenes Støi. Hestene rasler med Skaglerne og under Alléens Kastanietag ser man pludselig Ekvipagernes uendelige Række ubevægelig med Vognenes skinnende Flader og Sølvbeslagene, der glimter lige som Lyn.

-Ser Du Fyrstinden af Serbien—der i Victoria, siger Grevinden. Carolhausen finder hende saa smuk.

Ellen løftede sig let, og ser ud under Frynserne af sin Parasol. Spandet er smukt, siger hun.

Vognene begynder atter at glide langsomt, vuggende paa deres Kautschukhjul, og lænet tilbage, nyder Ellen taus Hyndernes sagte Bevægelse. Hun kniber Øinene tæt sammen for Solen og hører kun døsig Seletøienes evindelige Raslen og Bladsælgernes Raab: Figaro—Gaulois—Figaro!

Ude i Rotunden glimter Springvandet i Solen som lysende Sølv. Man hviler tilbageslængt i alle Vogne, og langs Alléerne ser man Parasollernes Silketag i en lang Linie.

Vognene glider den ene efter den anden, i en lang Række. Under Kastanierne rager Tjenerne op, ubevægelig, paa de høie Bukke, ranke og med korslagte Arme.

Ellen hører under Ekvipagernes Larm, Springvandets Pladsken fra Rotunden, og hun aabner Øinene. Og mens Kuskene raaber, ruller Vognene langsomt, i en stor Bue, ud i Rotundens Lys.

I det flimrende Lys ser man pludselig alt blinke blændende i Solen, mens i Midten Springvandet falder pladskende i sine Kummer af Bronce.

Ved Udgangen af Alléen opstaar en uløselig Trængsel, og man standser paany. Man bøiér sig ængsteligt frem over Vogndørene og taler hurtigt fra Vogn til Vogn.

Ellen bliver liggende i sit Hjørne uden at røre sig, gjemt bag sin Parasol.

-Fyrsten, siger Grevinden.
Ellen reiser sig en Smule og rækker sin behandskede Haand ud over Vogndøren.

-Er det Dem, siger hun. Og tilfods?
Fyrsten bukker. Ja—Ismail er syg.

-Det er frygtelig varmt langs Promenaden, siger Ellen. Har Tante noget imod at gaa hjem gennem Parken?

Grevinden er villig til at gaa, og de stiger ud.

-De gaar vel med os. Fyrst Carolhausen?

Fyrst Schønaich-Carolhausen bukker paany, og mens Vognen sætter sig i Bevægelse om Springvandet, bøier han med Ellen og Grevinden bort fra Rotunden og dens Støi.

De talte livligt om Badets Begivenheder; Kejserinden af Ruslands Ankomst og den stakkels Prins Mira-Silvas, der havde skudt sig i Parken.

-Han havde jo skudt sig med Vand i Munden? Inde tilhøire for Rotunden?

-Ja med Vand. Forfærdeligt. En fuldstændig Sprængning af Hjernen.

-Og man sagde, det var en lille Blondine ...?

-Utvivlsomt. Grevinden havde bestemt selv set hende—lille, rund; med en Opstoppernæse og lidt fremstaaende Øine. Laa paa tredie Sky tilvenstre—i Orfeus—

Jo, hun havde forresten godt set hende—en lille, fræk Tingest—i Trikot.

-At skyde sig Vand i Munden for en saadan Person—

Ellen havde ikke talt meget; hun gik og saa ned i Jorden og trak Parasollen efter sig.

-Han har vel elsket hende, sagde hun.

-Elsket hende. Grevinden foer op, og med en Komediefrase sagde hun overlegent:

-Elsket? Man elsker ikke saadanne Kvinder, man betaler dem.

Maaske—Ellen smilede lidt—Det er forresten et besynderligt Emne, men—Maaske betaler de fleste Mænd nok uden at elske— men der er vel ogsaa dem, som betaler, fordi de elsker—Prins de Silvas—Stakkel—har vel hørt til dem ... Han bør undskyldes; han var saa ung.

Ja—lad os bare se at lave en Roman ud af det, sagde Schønaich.

-Hvorfor ikke? Tror De egenlig Fyrst Carolhausen—Ellen saa paa Fyrsten nu og da—Lidenskaben nogensinde ser paa dens Værd, man elsker? Saa tror jeg desværre ikke, der vilde findes saa megen Kærlighed i Verden. Nei—det har Lidenskaben ikke Tid til. Det faar —og hun saa lige paa Fyrstens Ansigt, mens hun talte—først

Skammen, der lever længere end Lidenskaben—

-Skammen?

Grevinden rystede paa Hovedet og blev lidt tilbage. Dette interesserede hende ikke. Men Schønaich gik nærmere hen til Ellen og talte dæmpet, da han sagde:

-Skammer sig og—hører op at elske?

Ellen hørte ikke. Tonen hvori hun talte var stadig let; langs hele Veien saa man som et Hieroglyfbaand af hendes Parasol i Sandet.

Bag dem spurgte Grevinden høit:

-Og hun—Damen—hvor er hun nu?

Schønaich vendte sig:

-Paa Skyen—tilvenstre—i Orfeus—med sin Trofæ: Hjerneskallen.

-Forresten tror jeg rigtig nok, sagde Ellen, man maa være meget utaalmodig for at dræbe sig af ulykkelig Kærlighed. De fleste venter ...

-De mener til det er gaaet over.

-Netop, Fyrst Carolhausen, til det er glemt.

Samtalen skiftede. Ellen beundrede Trægrupperne paa Plænen.

-Jeg holder meget af Spa. Her er meget smukkere end i Baden.

-Og imorgen skal jeg dog reise!

Skal De reise? Men det har De jo ikke talt et Ord om. Hvor det er trist.

Og Grevinden beklagede.

Ellen havde set hurtigt op. Er det Pligten sagde hun saa, som kalder Dem tilbage til Wien? Det er jo midt i Ferien endnu—

-Ja—tildels Pligten.

Grevinden fortabte sig i Beklagelse, Ellen talte ikke mer. Men mens hun gik bagved de andre, traadte hun pludselig galt paa sin Fod og gav et lille Skrig.

-Hun var nødt til at bede om Fyrstens Arm ... hun traadte galt ... aa, det gjorde virkelig ondt.

-For Himlens Skyld—hun havde da ikke forstuvet sin Fod—

-Aa nei, det var ingen Ting—Det gik nok strax over ... Ganske bestemt, naar hun blot maatte støtte sig ... saadan ... og han ikke— hun saa op—vilde blive vred—om hun—hang lidt tungt paa hans Arm ...

-Nei—han blev ikke vred—om hun blot vilde støtte sig rigtig fast ...

Saa gik de sammen, ganske langsomt under Træerne, mens Grevinden trippede iforveien meget stiv og pludrede i ét væk.

Schønaich svarede en Gang imellem, naar han var bange, hun skulde vende sig, med et Par ligegyldige Ord, hen i Veiret og uden at høre; Ellen gik taus; og naar hun lænede sig tungt til hans Arm, kom hun ham saa nær, at hendes Haar streifede hans Skuldre ...

Da Grevinden var kommen en halv Snes Skridt iforveien, sagde hun dæmpet og pludselig:

-Hvorfor reiser De?

-Fordi jeg maa—

-Ellen standsede: Men sig mig Grunden.

Schønaich bøiede sig, og med Ansigtet ganske nær mod hendes, sagde han hæst og hurtigt. Ellen—hvad vil De med mig?

Ellen saa op med et Smil, som om hun ikke forstod ham.

-Hvorfor vil De hver Dag bringe mig til at sige, at jeg elsker Dem —og dog aldrig forstaa mig? Aldrig—kun pine mig—derfor reiser jeg.

Ellens Fod gjorde virkelig meget ondt ... Hun maatte sidde lidt. Hun slap Schønaichs Arm og satte sig paa en Bænk under Træerne.

-Hvis det ikke bliver bedre—sagde Grevinden—hvad skal vi dog saa gøre med Tableauerne?

-Ja, det er i aften. Det er sandt. Det er dog heldigt, at jeg faar dem at se, inden jeg reiser.

-Og—Ellen lo—De ved endnu stadig ikke, hvad jeg skal forestille?

-Nei—det vil blive en Overraskelse ...

-Gode Gud, sagde Grevinden, hvor det var Skade, hvis nu den Fod ... Hun er deilig, Fyrste, siger jeg Dem, deilig.

Der kørte en Droske forbi i Alléen, og Ellen lod den standse. Hun vilde hellere køre ... Saa vilde hun ligge med Omslag paa lige til iaften, og saa gik det nok over.

Da hun sad i Vognen, rakte hun sin Haand ud over Vogndøren og trykkede Schønaichs Haand varmt:

-Tak, sagde hun, vi ses iaften.

Vognen rullede bort, og nynnende laa Ellen lænet tilbage i Sædet med et fornøiet Smil.

* * * * *

Der er Lys og Hede i Festsalen.

Mens Pianisten foran Flygelet vugger sit friserede Hoved, hører man gennem Nokturnens Toner Silkevifternes Knitren, som Damerne fører i store Huer. De sidder midt i Salen tæt op ad hinanden i stort Toilette. Og Vægspeilene, der er let duggede af

Heden, forøger et Virvar af Profiler, rødblonde Nakker, Buster og Kniplinger, hæftede med Brillantagraffer—i ren Uendelighed.

Langs Pillerne staar Herrerne korrekte og stive, med deres hvide Slips og Buketter i Knaphullet. Rækken af deres skinnende Skjortebryster naar næsten helt op til Fortæppet.

De hører mindre: de staar distræt, mens deres Blik forvilder sig i Vrimlen og standser snart ved en Arm, der dukker frem mellem Kniplinger, snart ved et Par slaviske Øine eller en hvid Nakke bag en Maria Stuarts Krave.

Men da Pianisten slutter, begynder under Opholdet alle Hoveder at bevæge sig i en befriende Bevægelse, og der bryder løs en høi, forvirret Summen. Man ler bag Vifterne, veksler Hilsener og rammer sig for at blive kendt fra den ene Ende af Salen til den anden. Og enkelte Steder trænger Herrerne sig dristigt ind mellem Rækkerne, og deres sorte Kjoler forsvinder mellem Silkekjolerne og bag Vifterne, der bøies sammen ligesom Skjoldtag over Hovederne.

Langs Pillerne vifter Herrerne sig mat mad deres Silke-Chapeau-bas.

Schønaich er kommet lige hen til Grevinden, som paa forreste Række smægter af Hede under en Turban af Kniplinger og et Par uhyre Paafuglefjer. Men der lyder pludselig et Horn bag Forhængene, og han gaar tilbage til sin Plads.

Og mens man skubber med Stolene og reiser sig under forvirret Støi i Baggrunden af Salen, klinger Hornene stærkere, og Tæpperne glider langsomt fra.

Scenen ligger opfyldt af Skyer. Men langsomt, mens Skuepladsens Dæmring bliver Dag, løftes og sprænges enkeltvis de blaalige Flor, og gennem dem, i straalende Lys, ser man med Buen løftet: Diana beredt til Jagt.

Der gik som et Gisp gennem Salen. Og paa en Gang bøiede Mændene sig frem Skulder imod Skulder for at se, og ubevægelige i Sæderne stirrede Kvinderne mod Scenen.

Og mens hvert et Blik sluger hendes Skønhed, der lyser af Glans, løftes vuggende det sidste Flor: Ellen staar der fri.

Gevandtet slynget om de marmorstærke Skuldre, Bryst og Arme blottet, Benet tegnet fast under Stoffets bløde Linier; trodsig og kysk.

Salen tier aandeløs foran denne Skønhed.

Og da de røde Forhæng atter glider frem sidder man endnu med tilbageholdt Aandedræt og taus.

Paa Fyrst Schønaichs Pande var Sveden sprungen frem—

* * * * *

Ellen reiser sig og tager Fyrstens Arm for at dandse.

Det er en Vals, og de dandser længe. De har endnu ikke talt sammen før Dandsen, men mens de valser vuggende og blødt, hvidsker han til hende. Maaske hun ikke hører, hvad han siger. Hun lytter til Orkestrets Melodi og den underlige bølgende Storm af de Dandsendes Trin gennem Salen. Men hun smiler og møder under Dandsen hans øine, hvis Pupiller glindser.

-Schønaich, jeg er træt.

Men han bliver ved at valse, hurtigere, og bestandig smilende lægger hun sig tungt ind i hans Arme, som hun føler skælve om sit Liv.

Og pludseligt slipper han hende, og de gaar ved Siden af hinanden op ad Marmortrappen til Galleriet, uden at tale.

Ellen gik iforveien. Der var helt øde i Læsesalene, som laa halvmørke med Skærme over alle Blus, og man hørte ikke anden Lyd end Gassens Kogen og hendes Kjoles Raslen over Tæpperne.

Hun løftede Portieren til et lille Kabinet ved Siden af Læsesalene. Her er godt, sagde hun. Gik ind og satte sig i Hjørnet paa en Puf, stillet under en Gipsappollo og nogle store Palmer.

-Hvor her er køligt. Hun tog sit Slæb til Side og gjorde Plads for Fyrsten, og da han blev ved at være taus, spurgte hun: Naa—var jeg saa ikke smuk?

-Ja—De var smuk, sagde han.

Der var atter stille. Fra Balsalen hørte man Trinene af den evindelige Vals og et Par Violintoner af en blød Takt. Pludselig reiste Fyrsten sig og skubbede Skodderne for Vinduet op. Han blev staaende nogle Øieblikke med Ryggen imod hende, saa vendte han sig:

-Se, sagde han.

Der var ganske mørkt paa denne Kant af Haven. Men ude i Dunkelheden saa man de store Busketter rage med deres Skygger op mod Himlen, og fra Alléens Træer steg Kastanieduften op fra Mørket.

Ellen reiste sig, og de saa begge ud; begge skælvede ved det samme Minde. Og betaget hvidskede Schønaich:

-Ellen, De maa jo huske det.

Ellen Maag var meget bleg; hun bøiede Hovedet.

-Jo, sagde hun, jeg husker.

Hun satte sig igen. Og vendt imod hende sagde Fyrsten:

-Saa ved De ogsaa, at jeg elsker Dem endnu. Han kunde ikke se hendes Ansigt, men pludselig fik han Mod og han lod sig synke ned ved Siden af hende paa Sofaen.

-Ellen, sagde han, lad mig tale, jeg be'er, og hindre mig ikke? Faar jeg ikke talt, vil jeg kvæles, faar jeg ikke talt—aa jeg ved slet ikke, hvad der hænder. De ved jo, Ellen, at jeg elsker Dem—men hvorfor piner De mig saa, som nu—at jeg aldrig, aldrig hat elsket andre— men hvorfor vil De saa ikke høre mig? Sig mig det, sig mig, hvorfor.

Ellen Maag havde leget med sin Vifte. Nu saa hun op.

-Véd De, hvor jeg led, da De reiste? At alt mit Liv kun var Længsel og Fortvivlelse—Ellen, Ellen, og saaledes elsker jeg Dem endnu—

Han lagde sig ned foran hende, og han talte hæst.

-Saa vanvittigt elsker jeg Dem, saa vanvittigt at der var intet, jeg ikke kunde gøre, intet—ingen Forbrydelse jeg ikke vilde begaa— intet om De kun kunde elske mig—

-Og Deres Hustru?

Schønaich lod Hovedet synke, mens han laa for hendes Fødder.

Han taug lidt. Og Ellen, der ventede støttet til Statuen, hørte Musiken dæmpet, og Støien af de Dandsendes Trin.

Saa sagde Schønaich:

-Men nu er hun død.

-Og jeg elsker Dem, Ellen—

... Ellen svarede ikke.

-Ellen. Ser De ikke, at jeg tigger Dem om Deres Kærlighed.

Der fløi et pludseligt Smil over Ellens forstenede Ansigt, og idet hun slyngede Viften imod ham, sagde hun:

Làche!

Og gik.

* * * * *

Ellen forlod kort efter Spa. Hun var i Paris og i Italien og ud paa Efteraaret vendte hun hjem til Danmark. Hun tog Ophold i København og var "Saisonens" Løvinde, meget omflagret og med flere Beilere. Men ud paa Vinteren valgte hun af dem alle den ældste og den fornemste, og om Foraaret blev hun gift.

Lehnsgreven var nær de treds, men han havde over sig det Skær af fuldendt Fornemhed, som udsletter Aarene. Han havde megen Verdenserfaring og alle Europas fornemste Ordener, som han ærlig havde fortjent, siden han idetmindste uden Uheld havde balanceret paa de fleste Hoffers bonede Gulve. Da han trak sig tilbage som Konseilpræsident—en Stilling han røgtede længe ved at tale lidt og ved at paalægge Respekt ved sin fornemme Ro— havde man ønsket at skænke ham vor høieste Hofcharge. Men han afslog.

En fremmed overordenlig Afsending havde en Gang sagt om Lehnsgreven, at han var Danmarks eneste Hofmand.

Med denne Mand, der havde en voksen Søn af første Ægteskab, giftede Ellen sig. Sønnen havde hun ikke set; han var i Udlandet.

* * * * *

VII.

-God Dag. Ellen strakte Haanden ud imod Legationssekretæren. Men hvor tør De egentlig komme her—Hr. de Vilsac—efter hvad De har sagt ...

-Sagt, Fru Grevinde?

-Ja—sagt. Og Ulykken er, at jeg har faaet det at vide ligestrax ... det vil sige, noget om det. For jeg tror altid, at der er en Gnist af Sandhed i, hvad Folk fortæller.

-Ja—jeg ved virkelig ikke—noget ufordelagtigt har jeg ikke sagt.

-Hm, Ellen tog igjen fat paa sit Broderi, og Vilsac satte sig ligeoverfor hende med Ansigtet mod Lyset ... Det er, som man tager det. Husk Dem lidt om—der blev vist talt om mig forleden hos Admiralens ... Ellen broderede og holdt Hovedet bøiet over sit Sytøi. Men nu og da, mens de talte, lagde hun Broderiet i sit Skød og saa paa de Vilsac. Efter Bordet ... oppe i Rygeværelset ... husk Dem bare om ...

Hr. de Vilsac sad og glattede paa sin Hat med sin Handske.

-Jeg har maaske sagt, De var et ualmindeligt Menneske, sagde han. Og det er min Mening.

-Nei, det var Gyldenfelt, som kaldte mig en Sfinx. Saa banalt var Deres ikke. De sagde, tror jeg nok, noget om—Ellen lo ganske kort —at jeg var en Forbryder. Maa jeg spørge, kalder De det fordelagtigt?

Vilsac trommede et Øieblik ganske svagt, utaalmodigt paa Hattepullen.

-Hvem har refereret Dem den Samtale?

-Det er jo ligemeget. Der var vist en ti-tolv Herrer tilstede.

-Den, som har sagt det, har—handlet, handlet meget mærkeligt. Hvad man siger saadan i en Samtale, kan aldrig rives ud af sin Sammenhæng. Jeg sagde forresten—han løftede Blikket fra Hattepullen—at ... Ja—der blev Tale om Dem og saa sagde jeg: At De vilde aldrig kunne bukke under for en Trivialitet—men De kunde maaske nok begaa en Forbrydelse ... I den Sammenhæng var det kun en Kompliment.

-Ser De, der har De jo Forbrydelsen! Hør, kære, hvor tidt skal jeg dog raade Dem til, Vilsac, at lade være med at være aandfuld, saa længe De er her ved Legationen. Vi er ikke aandrige hertillands— og De faar bare Ord for at være ondskabsfuld.

Hun taug lidt og lagde Broderiet bort.

-Alvorlig talt—skulde De hellere have ladet den—Sentens usagt. De er ikke berettiget til at vide saameget om mig—saa kan man tænke, hvad man vil og ... tie stille—

Vilsac bøiede Hovedet. De har ganske Ret. Det var ubesindigt.

Efter en lille Pause sagde Ellen: Ved De hvad—jeg tror nu, vi er alle meget almindelige Mennesker, som alle paa en given Tid kan gjøre noget ualmindeligt. Mindst rigtignok i vor Kreds ...

-Mindst? Nei, sig mest ... Vi har Tid til det ... Det er vor Ulykke—vi har jo ikke andet at bestille end skifte Luner og Klæder og at forelske os.

Han taug lidt, og mens han saa paa hende, sagde han:

-Og naar saa en Forelskelse pleies, kan den blive til en Lidenskab.

Ellen flyttede sin Hæl lidt frem og tilbage paa Gulvtæppet: Saa skulde man ikke pleie den, sagde hun.

Vilsac svarede ikke, og en Smule hurtigt for at undgaa en Pause sagde hun igjen: Folk tror Dem forresten ikke, Vilsac.

-Hvad mener De?

-Jeg ved jo godt, hvad det vilde sige—med ... ikke at bukke under for en Trivialitet ... men Folk siger om os to, at vi er meget gode Venner.

-Hvem har sagt Dem det?

-Adskillige ... Men det er mig ligegyldigt. Bagtalelsen har aldrig interesseret mig, ikke en Gang den Bagtalelse, der gaar ud over mig selv. Og uden Overgang gav hun sig til at tale om en ny Roman, som lige var udkommen i Paris.

Der blev i Virkeligheden talt meget om Grevinde Urne.

Thi Ellen havde ingen Egenskaber, som kunde forsone hendes eget Køn med hendes Skønhed: hun viste ikke megen Fortrolighed mod nogen, hun var ikke meget blød i sit Væsen og hun havde ingen uadskillige Veninder. Derfor hævnede Damerne sig ogsaa, naar Ellen var fraværende, ved bestandige Raillerier, som holdt sig op ved allehaande Smaating: ved den gule Rose, hun altid havde fæstet ved sit Bryst, ved det sorte Silkebetræk paa Væggene i hendes Budoir, og, mellem sig selv indbyrdes, ved alt det nøgne i hendes Malerisamling.

Herrerne var paa deres Side mistænksomme og aarvaagne. De holdt Ørene stive og ventede. Selv de kyndigste forstod ikke, men de tænkte, at Tiden vilde modne Frugten, og saa vilde den vel en smuk Dag falde ned i Hovedet paa en eller anden. Derfor holdt de sig i Nærheden, og mens de ventede, gik de omkring og snusede efter en Hemmelighed i Grevindens Liv og—fandt intet.

Thi der var slet intet. Greven var vanvittig forelsket i sin Kone, og hun tillod ham at være det. Hun opmuntrede ham endogsaa i mange Ting saa stærkt, at det saa ud, som om hun virkelig holdt af ham. De red ofte sammen lange Ture, hvor de blev borte halve Dage, og spiste Frokost i en Kro, hvor det kunde falde sig—en ren Idyl; i Selskab og Theatret var de altid sammen, og om Vinteren paa Ballerne, naar Dansen var begyndt, og de ældre Herrer sad rundt i Krogene med deres Likør og deres Sportpassiar, eller de spillede Kort i Rygeværelset, kom Grevinde Urne ofte varm af Dansen i sin Silkedragt og spredte en Duft af Viol midt i Havannarøgen, mens hun stillede sig bag Grevens Stol og lagde Armene paa hans Skulder, og raadede ham i Spillet; eller hun tvang ham ubarmhjærtigt til at lægge Kortene og bortførte ham til en Vals: thi hun sagde, ingen kunde valse som han.

Der var ingen Grund til at tro, at hendes Ægteskab ikke var lykkeligt. Og ellers delte hun i sit Liv ganske sit "Selskabs" Interesser. Greven var Sportsmand, og hun kendte hans Stalde ligesaa godt som han selv. Hun var aldrig smukkere, end naar hun sad tilhest om Morgenen paa sin sorte Hingst, og det var en Gang, da hun en Efteraarsdag styrede sit Firspand paa Strandveien, at den engelske Gesandt beundrende havde sagt: at hun var født til at være en Konges Maitresse.

Da Ellen hørte Ytringen, sagde hun smilende næste Gang, de saas, til den fremmede Minister.

-De anser mig nok ikke for værdig til at være Dronning, Sir Audburn?

Og Sir Audburn havde haft Aandsnærværelse nok til at svare:

-Fordi en Konges Elskede er mægtigere, Grevinde.

Ved Væddeløbene paa Eremitageplænen hørte Ellen Urne til de

ivrigste. Steg pludseligt Løbenes Interesse; blev Udfaldet tvivlsomt
ved et uventet Forspring, kunde Grevinden med en Gang blive
ganske bleg—thi Ellen Urne blev bleg naar hun kom i Oprør—og
febrilsk fordoblede hun sine Indsatser, mens hun blev siddende
fremadbøiet uden at tage Kikkerten bort fra sine Øine, der
skinnede.

Da mente de Kyndige paa Saddelpladsen—og der var enkelte,
som forstod sig lige godt paa Heste og paa Kvinder—at der vel
maatte komme den Tid, hvor Grevinde Urne ikke mere vilde lade
som om hun var forelsket i sin sextiaarige Gemal.

Og der var andre, som sluttede af andet. Thi naar de fra Parkettet
i Kikkerten streifede den lille Loge ved Siden af Hofdamernes, som
Urne havde hver Tirsdag og Fredag, da blev de undertiden slaaet af
et besynderlig tomt og slukket Blik, der mødte dem i Ellen Urnes
Ansigt saadan, som hun sad der bag Viften og havde glemt sig selv
og troede sig usét. Et trøstesløst og stirrende Blik, saa de begyndte
igen at pine sig selv for at finde Hemmeligheden, og de fandt ikke
nogen—fordi der var ingen.

Thi Ellen var til daglig intet andet end bestandig kedsommelig
træt.

Hun var ked endog af at ønske, og hun syntes ofte selv, hun var
altfor dorsk til at længes. Hun modtog i vanemæssig Trang til at
nyde, ladt og dovent, Dagenes Velvære, og hun blev liggende pletfri
i sit ørkesløse Ægteskab, fordi intet fristede hende og fordi hun
havde en stolt Respekt for sig selv, Foragt for de andre.

Saaledes levede hun Dag efter Dag med smaa Ting, sjælelig
ligegyldig, og Aarstiderne gled med deres vekslende Nydelser
bestandig over i hinanden. Fra Urnebygaard tog de til Byen—
tidligt, thi Ellen holdt ikke af Efteraarets Dryp fra Træerne og
Bladdansen over Plænerne—fra København i April til Paris, fra
Paris atter hjem. Og overalt var Livet lige tomt, men hver Dag altid
opfyldt.

Paa den Maade gled hendes Liv.

-Men undertiden kunde hun i sin Ladhed pludselig streifes af et
Lune. Som om hun aabnede Øinene og fulgte et kort Minut med
Blikket en Sommerfugl, der fløi hendes Liv forbi.

Hun kunde paa en Reise—paa et Dampskibs Dæk eller i en Kupés
Hjørne—føle et minutfødt Behag ved at være nær en ganske
fremmed, og hver i sit Hjørne kunde de veksle et Blik, der vagt
ønskede og ubestemt lovede. Og gik han, denne fremmede, fulgte

hun ham fra Kupeens Vindue med Øinene, og hun syntes i ubestemt Misnøie at nu var noget resultatløst gaaet hendes Liv forbi—indtil hun faldt tilbage i sit Sæde med et svagt Suk—og glemte Ansigtet.

En Gang havde hun følt et saadant rodløst Behag for en smuk Jokey i Cirkus. Hun havde følt det straks den første Aften, hun saa ham komme ind senestærk og smidig og med det græske Ansigt oplivet af Ridtets Spænding. Og da han lod sine store, tungsindige Øine glide langs Logerne, havde ogsaa han dvælet ... Næste Aften var hun der igen og den næste, og deres Blikke havde hængt i hinanden, og begge havde de længtes ... Men hun søgte ingen Leilighed og nedbrød ingen Skranker, og da han en Dag stod i hendes Salon i en skrigende brun Frakke og tilbød at ride hendes Heste til, lod hun den forbløffede Artist vise ned til sin Kusk.

Paa Urnebygaard havde hun næste Sommer truffet sammen med en ung Mand, en tyveaars Englænder, der elskede Musik og spillede Violin. De havde spillet noget Beethoven med hinanden, og Ellen fandt, at han havde en smuk Tone og god Opfattelse. Udover det var det første Gang, hun tænkte paa ham, den Dag, da han pludselig sank ned for hendes Fødder og overmandet, i graadkvalte Ord sagde, han elskede hende. Hun havde egenlig aldrig set ham, før nu han laa paa Knæ.

Og da hun saa dette blonde, skægdunede Ansigt forvrænget af Bevægelse og Lidenskab, havde hun givet sig til at le, uimodstaaelig let ...

Og hun blev ved at le, mens hans Ansigt forstenedes i stum og forfærdet Smerte, havde lét lige til han ravede op og tumlende var gaaet hen over Gulvet, og Døren var faldet til efter ham, og selv da kunde hun ikke holde op.

Næste Dag hørte hun, han havde hængt sig i en Knage paa sin Sovekammervæg i et Haandklæde.

Ellen blev forbauset. Hun hverken angrede eller fortrød—ikke en Gang sin Latter—men hun blev nysgjerrig. Hun tænkte i nogen Tid mere paa denne døde, end hun længe havde tænkt paa nogen levende. Hun søgte at erindre de Ord, han havde sagt, hans Blik, hans Minespil, hans Ansigt forfulgte hende. Thi dette tyveaars Menneske havde forbauset hende: han var virkelig gaaet ud der af Døren og uden at tøve et Minut, uden at tage Afsked med nogen, uden at skrive en Linie—han havde dog Forældre, vidste hun, og Sødskende—havde han hængt sig i sit Haandklæde.

Og Alverden troede med hende, at han var det mest dagligdags Menneske paa Jorden.

Og han vilde ikke leve uden sin Kærlighed.

Hun gik i Kirken til hans Begravelse. Det var en Middag i August og der var en lummer Døsighed over Folk og Rum, tung Dunst af Ligluft, Buxbomgrene og Blomster. Degnen snøvlede Psalmerne frem, og siden talte Præsten under en uafladelig Snøften om Herrens uransagelige Veie. Et Par Svaler fløi ind under Hvælvingen og kvidrede uafbrudt under Talen og Rosenduften slog i tunge Drag fra Kirkegaarden ind gennem Dørene.

Ellen sang ikke med og hørte ikke efter. Ord og Sang gled hende forbi; mens hun selv ræsonerede over sin Hjerteløshed, sad hun under hele Handlingen og nød i inciteret Behag sin Hemmelighed, at dette Menneske var død af Kærlighed. Ikke just af Kærlighed til hende, det var ikke det, som mest pirrede hende; thi han var hende saa ligegyldig. Kun det, at han havde haft Mod til strax at knytte det Haandklæde om Halsen og dø.

Og da de steg op i Vognen—hun og Greven—gav hun pludselig efter for en pirrende Lyst til Fortrolighed og sagde:

-Det var af Kærlighedssorg?

Greven var ved at tænde sin Cigar:

-Na—tur—lig—vis. Ellers var det ... jo ingen Roman ... Vel sagtens til Guvernanten?

-Nei—til mig.

Greven vendte Hovedet, og de saa paa hinanden.

-Idag er det akkurat otte Dage, siden han erklærede mig sin Kærlighed.

Grev Urne betragtede et Øieblik sin Hustru, men Grevinden lagde sig taus tilbage i Vognen uden at tale mer. Og greben af et underlig koldt Ildebefindende under sin Hustrus besynderlige Blik, mens hun sad tilbagelænet i Skyggen af sin Parasol, spurgte Grev Urne ikke mer.

Lidt efter kastede han ogsaa sin Cigar, som om Havaneseren ikke smagte ham, og uden at veksle flere Ord naaede det grevelig Par i Taushed Gaarden.

—Ellen Urnes Liv var da en rolig, aristokratisk Tilværelse med Formens Skærmbrædt rundt om: Døgnet og Moderne og Godgørenheden stablede noget Indhold op, og—Tiden gik.

Men undertiden, naar hun sad med en Bog paa sin Yndlingsplads i den gamle gotiske Stol under den store kinesiske Parasol, kunde hun pludselig læne sit blege Ansigt mod Urnernes Vaaben paa. Rygstødet, og krampagtig knyttede hun Haanden mod sit Bryst; eller Hænderne faldt, naar hun spillede, pludselig kraftløse ned fra de hvide Taster, og hun stansede midt i en larmende Rubinstein for at falde sammen over Flygelet med et Suk, dybt som en tung Stønnen; eller hun kunde, mens hun roligt styrede sit spanske Spand, rank og fornem, paa en Gang hæve den smidige Elfenbenspidsk over de steilende Dyr og pidske voldsomt deres glinsende Kroppe, som vilde hun tvinge Blodet frem.

Og ofte, naar hun laa foran Kaminen og stirrede paa Blokkene i det flammende Baal, begyndte hun med et at maale Salen med lange, uens Skridt, som om det store Rum pludselig blev altfor trangt og ikke havde Plads. Og da rev hun heftigt Fløidørene til Balkonen op og med Peltskaaben om sig stod hun midt i Vinteraftenens Kulde paa Altanen feberhed og med brændende Blod: Hun trængte til Luft og til den frie Himmel.

Hun bragtes til Ro af den summende Larm af Byen under sine Fødder og Vognenes uafladelige, fjærne Rullen og Sporvognenes Klokker, der kom nærmere og forsvandt—

Undertiden saa hun en Gadejægerske med smaa trippende Skridt gaa frem og tilbage om Palæets Hjørne, og bøiede hun sig frem over Balkonen, kunde hun høre hendes Hvidsken med Mændene, der gik forbi. Hun hørte Pigens plebeiiske Kælenavne og Mandens Spørgsmaal, og der kunde komme i Grevinde Urnes Blik, naar det fulgte Parret, som fjernede sig Arm i Arm, en graadig Fortvivlelse ...

Saa gik hun tilbage til Salonen, der laa med sine Palmer og Blomstergrupper og sine tyrkiske Divaner som en dunkel og duftende Haremssal, og træt og kraftløs sank hun sammen i en Stol.

Greven kom ind og urolig ved Synet af sin Hustrus forstenede Ansigt, lod han Haanden glide gennem hendes Haar og spurgte ængsteligt:

-Ellen, du er ikke rask:

Men Ellen rystede paa Hovedet og bøiede det bort fra hans Kærtegn.

-Jeg har det godt, sagde hun. Jeg er kun saa træt.

Og naar Greven var gaaet, og Portièren var faldet til efter ham, sad hun igen, stirrende og fortabt i sine Tanker.

Ellen Urne spurgte sig selv, om det dog evig, evig skulde blive ved som nu. Hun saa paa sit Liv, som det blev levet, indholdsløst, fra Dag til Dag, og hun syntes, at det var kun som et snigende Mord. En evig, en evig Karussel omkring det tomme, ligegyldige.

Men saaledes var det, og der var intet andet.

Og hun—hun blev her. Hun reiste sig ikke og gik, løb ikke fra denne Gammelmandsforelskelse, hvis mindste Berøring var hende en Væmmelse. Der kunde være Dage, hvor hun syntes, hun maatte fly, hvor hun æklledes rent for sig selv og kaldte sig med Pøbelens Navne, fordi hun sad endnu her i de Urners Palæ ... men hun blev.

Hun havde valgt den ældste af sine mange Beilere, saa havde hun troet sig tryg. Og saa var Lehnsgrev Urne en kraftig og levestærk Mand, som var til Vanvid forelsket ... Og alligevel sad hun endnu paa fjerde Aar som Grev Urnes Hustru, og hun tvang sig til at opfylde sine Pligter, og hun sad inde Aar for Aar med en tom Pletfrihed, og hver Dag foragtede hun sig selv.

Og der var ingen Opgaver og der var ingen Maal.

Saaledes var hendes Liv.

* * * * *

-Men det er slet ikke, fordi jeg mener, vi Kvinder er bedre, Vilsac, vi er kun ikke saadan.

-Ja men, det er jo det, jeg siger: en Skare Sfinxer.

-Slet ikke. Men Forfatterne kender os ikke. Naar de bare vidste, hvor tidt vi Damer smiler ad deres Heltinder ... Hvert Øieblik træffer man noget, man kun kan le af ...

-For Exempel?

-Aa—Exempler—Ellen lænede sig tilbage og legede med Fingrene paa Stolearmen—Mændene ved, for Exempel, aldrig hvad for en Agtelse en Kvinde instinktmæssig har for sig selv ... for ... sit Legeme ... Det har jeg aldrig sét nogen Forfatter forstaa—Og det er dog noget af det vigtigste—

-For mange.

-For alle—tro De mig. Derfor bliver de, som har bevaret Agtelsen, ikke malet gode nok, de, som har tabt den, ikke fortvivlede ... ikke slette nok.

-Det er rén Theori.

-Saa? Ellen taug lidt. Jeg saa "den Fremmede", iaftes. Der er et Sted—hvor han har været lige ved at sige noget sandt, Dumas ... eller jeg kom til at tænke paa det, da jeg hørte noget halvveis andet, som blev sagt.

-Hvor det?

-Jeg ved ikke—det er vist af Doktoren—er han ikke Læge?

-Jeg tror, han er Kemiker.

-Naa, ja, det er sandt ... Det var noget om, at Kvinderne altid trængte til Religion. Jeg kunde tænke mig at—man midt i hele denne Tomhed gjorde en Lidenskab til sin Religion.

-Men hvad vil det egenlig sige at gjøre til sin Religion.

-At bringe alle Ofre for den—alt—at gjøre det Vanvittige—det fanatiske ... at blive Martyr med Glæde—

Grevinden saa op, og der var kommet noget som en svag Rødme op i hendes Kinder. Men saa skiftede hun Tone og sagde:

-Men, bedste Vilsac—jeg bliver altid saa dybsindig, naar jeg taler med Dem. Ellers plager det mig ikke ... Er der ellers noget nyt?

-Aa, man siger, at Mr. Tholer endelig forleden har faaet Øjnene op.

—Nei? Endelig—saa bliver Tholers Ægteskab nok lykkeligt.

-Hvad behager. Naar han har erfaret, at ...?

-At Byens første Don Juan har foretrukket hans Kone. Det giver hende Prestige, og det var kun det, hun manglede.

-De tror meget slet om Mændene, Grevinde Urne.

-Ja—meget slet, eller jeg tror—maaske snarere, at der er meget faa Mænd.

Lidt efter tog Vilsac Afsked, og Grevinden klædte sig paa til en Diner hos den engelske Gesandt.

* * * * *

De var kommet hjem igen, og Greven og Grevinden drak The i den store Dagligstue ved et lille Bord tæt ved Kaminen. De havde drøftet Toiletterne og Hændelsen hos Tholers, som der var blevet talt noget om inde hos Herrerne efter Bordet. Nu havde Greven taget Aftenavisen og læste.

Grevinden var træt.

Hun sad ørkesløst med Hænderne i Skødet og havde svaret mest kun med Ja og Nei. Saa lagde Greven Avisen bort, og da de havde siddet noget tause, uden at Ellen sagde noget eller rørte sig, reiste Greven sig for at gaa.

-God Nat, sagde han og kom hen til hendes Stol.

Hun løftede Haanden lidt mat fra sit Skød: God Nat, sagde hun, jeg er saa træt.

Saa gaar du vel til Ro, min Ven. Der var ogsaa noget varmt.

Greven vilde gaa, men henne udenfor Lampelyset, stansede han igen.

-Jeg har faaet Brev—fra Carl, sagde han.

Ellen troede, han var gaaet. Hun vendte ikke Hovedet. Idag?—Har han det godt?

-Rigtig godt.

Ellen spurgte ikke mer, men hun saa flygtig hen paa sin Mand, der var begyndt at gaa frem og tilbage paa Gulvet henne i Mørket.

Han kom hen og satte sig igen.

-Han fyldte tyve Aar forleden, sagde han.

Grevinden blev ved at tie, og Greven tilføiede, mens han gav sig til at lege med Kniven:

-Han var allerede helt voxen ifjor.

-Det kan jeg forstaa, sagde hun. Og uden at tænke over det, helt distræt tilføiede hun: Naar skal han herhjem?

Greven greb det:

-Mener Du ogsaa, det var paa Tiden? sagde han.

Ellen saa over og ganske apatisk sagde hun:—Ja—hvis Du synes. Og han maa jo dog som Stamherre ...

Det er ganske sandt, men ... Jeg havde troet, det var Dig ubehageligt.

Saadan at have en voxen Søn—

Ellen reiste sig lidt i Stolen. Det begyndte at gaa op far hende, hvad det dreiede sig om. Ja, sagde hun, det vil blive besynderligt. Hun skød Slæbet til Side med Foden og stod op. Men jeg skal være for Carl alt, hvad jeg kan.

Greven tog hendes Haand: Det ved jeg, sagde han. Det ved jeg, Ellen, at Du vil.

Han talte meget om det ønskelige i, at Sønnen kom hjem for at lære alle Forhold her at kende. Han skulde dog en Gang i Tiden ... og han maatte naturligvis være noget fremmed for alt, opdraget som han var i Brüssel-Pensionen—men det havde været hans Moders Ønske ...

Ellen stod lænet til Kaminen med Hovedet støttet til sin Arm. Da Greven holdt op at tale, sagde hun igen langsomt: Ja, jeg skal alt være for ham, hvad jeg kan.

-Aa, han er jo forresten et rent Barn. Greven bøide sig og, idet han kyssede hendes Haand, sagde han smilende: l Grevinden bliver han naturligvis forelsket.

Greven var gaaet, men Ellen stod endnu foran Ilden i den samme Stilling med Hovedet støttet paa sin Arm, i Lyset af Kandelabrerne. Hun havde egenlig aldrig tænkt meget paa sin Mands Søn. Kun i Ny og Næ blev hans Navn nævnet, talt om ham var der sjelden blevet. To—tre Gange havde hun skrevet nedenunder Grevens Breve et Par Ord som lød: Deres Faders Hustru sender Dem en venlig Hilsen—eller sligt; naar de om Foraaret reiste til Paris, tog Greven altid fem—seks Dage til Brüssel for at besøge Sønnen, men han havde aldrig spurgt hende, om hun vilde med, og hun havde ikke bedt derom—Saa havde hun aldrig set ham.

Og nu skulde dette fremmede Menneske paa tyve Aar komme her som Søn ...

Det vilde ikke blive let—sandelig ikke let.

Ellen løftede Hovedet og mødte sit eget Billede i Speilet. Et Øieblik var hun blændet af sig selv. Hun betragtede Billedet nysgerrigt, som en fremmeds, og hun gav sig til at bevæge Hovedet, saa Lyset fra Kandelabrerne gled hen over hendes Hals og Hagen. Saa smilede hun.

Hun fik paa en Gang Lyst til at se Billedet af sin Stedsøn. Der hang et Maleri i hendes Mands Stue. Hun huskede, at hun den første Aften efter Bryllupsreisen, da hun gik igjennem Værelset havde set to Malerier, et større af en Dame med store melankolske Øine og underneden et mindre af en seks—otte Aars Dreng i en Fløielsbluse, der lignede Damen ...

Hun havde straks sagt til sig selv, at det var hendes Mands første Kone og Sønnen ... Siden havde hun, ærlig talt, aldrig tænkt paa dem ...

Hun tog Lampen og gik ind gennem Kabinettet til Grevens Værelse. Der satte hun sig ved Skrivebordet og betragtede Billederne. Der var noget eget, meget blødt i den første Grevinde Urnes Ansigt, noget dueagtigt og skræmt i Blikket, noget eiendommelig hjælpeløst spørgende.

Og det samme Blik var der hos Sønnen. Man saa i det lokkede Barneansigt slet ikke andet end de store Dueøine. Forresten var Drengen smuk.

Hun søgte efter Albummet. Maaske var der senere Billeder. Mens hun ledte, fandt hun paa en Stumtjener i et Hjørne en Kapsel af

Citrontræ, som hun tankeløst lukkede op. Der var to Billeder deri, hun selv og Sønnen. Det maatte være taget fornylig. Han stod med Spadserestok og Hat i Haanden i en tætsluttende moderne Dragt. Men Ansigtet var i forbausende Grad det samme; det samme blide, uudviklede som hos den otteaars Dreng. Og Øinene, et Par store duggede, uforstaaende og drømmende Øine—rene Barneøine ...

Hun tog Billedet ud for at se at finde en Dato. Jo—der stod det. Til Fader fra hans Carl. Nytaar 80. Hvilken mærkelig klar og barnlig, upersonlig Haandskrift ... Saa var han virkelig tyve Aar paa Billedet.

Mens hun satte Fotografiet ind, faldt hendes Øine paa hendes eget Billede i Kapselen. Det var taget sidste Foraar i Paris, ag Ellen kaldte det en fri Fantasi over hende selv. Hun sad med Hovedet støttet paa en halvblottet Arm og Haaret langt ned imod Øinene. Mange Kniplinger op om Halsen. Fotografiet var afskyeligt, saadan som hun stirrede, saa forskrækket. Det var naturligvis de Rembrandtske Spøgelselys, der var lagt over Ansigtet ...

Hun saa igen over paa Sønnen.

Saa faldt hun i Tanker med Kapselen i sin Haand. Hun slap den, og uden at hun mærkede det, mens hun sad fortabt og stille, gled Kapslen langsomt ned ad hendes Skød og blev liggende aaben paa hendes Slæb.

Ende paa første Del.

ANDEN DEL:
HISTORIEN.
I.

Min Søn—min Hustru.

Grevinden havde følt sig lidt urolig og ikke rigtig sikker paa sig selv. Hun havde været temmelig længe om at bestemme sig for en Kjole, inden hun tog den sorte Atlaskes og i Halsen den eneste Diamant, og hun blev helt irritabel, da hendes Hænder rystede en Smule, saa hun ikke kunde faa sine Armkæder hægtede. Hun havde heller ikke læst meget, mens hun bagefter sad i Salonen og ventede ... Men nu, da hun saa det Barneansigt, der blussende rødt af Generthed skjulte sig bag hendes Mand, kom hun næsten til at smile.

Derfor sagde hun ingenting, og de stod et Øieblik ligeoverfor hinanden uden at tage i Haanden og uden at tale. Men saa følte hun med en Gang Pausen, blev selv lidt rød, ledte for at finde noget og kom ikke til at sige andet end:

-Hvor De dog ser ung ud! og gav ham Haanden.

Han stammede lidt, og helt purpurrød sagde han:

Ja, det siger alle.

Saa? sagde Ellen og lo, Stemmen var ligesaa barnlig som Ansigtet. Ja, De ser meget ung ud.

Greven talte lidt om den skrækkelige Varme i Kupéen, og Ellen spurgte, om han havde husket hendes Indkøb i Brüssel.

De havde alle tre sat sig ned, hun lidt med Ryggen mod sin Stedsøn; naar hun vendte sig for at faa ham med ind I Samtalen, som slæbte sig lidt genert og tvungent af, saa hun ham sidde ufravendt og stirre paa sig. Men han sagde ikke et Ord.

Saa ringede Klokken anden Gang til table d'hôte. Ellen følte det som en Befrielse, men sagde dog, mens hun reiste sig: Allerede! Saa er Toget kommet sént.

-Carl tager dig tilbords idag, sagde Greven. Æres den, som æres bør.

-Naturligvis, Hun ventede paa Carl, som stod op og noget keitet fik budt hende Armen.

-Mange Tak, sagde han.

-De maa holde Armen lidt nærmere, sagde hun, mens de gik ned ad Trappen, De kommer til at træde i mit Slæb.

Saa holdt han forfærdelig fast.

De kom ind i den store Sal, Næsten alle Gæsterne var samlede og stod rundtom klyngevis i Samtaler. Nogle begyndte at tage Plads, og nede fra Bufetten hørte man Raslen af Terriner og Talerkener og Ordrer om Vin.

-Hvor her er mange, sagde Carl. Hvor mange Damer!

-Ja—i Pensionen var der nok heller ikke ret mange.

-Nei—Carl saa ikke andre end Fru Dubois, og hun havde ikke en Tand i Munden.

Ellen hilste paa enkelte Bekendte, og man gik tilbords.

Greven var sulten efter Reisen og spiste stærkt. Ellen maatte underholde Carl. De talte dansk, saa de ikke blev forstaaet, og Ellen fortalte, hvem Gæsterne var og sligt. Carl tog næsten intet af Retterne, men naar de andre var færdige, og Tjenerne vilde tage bort, sad han alligevel med det altsammen paa Tallerkenen.

-De spiser ikke noget.

-Nei, sagde han. Jeg kan aldrig spise, naar jeg er ude. Han havde ellers ikke talt meget, men han saa hele Tiden paa hende, naar hun talte, og sagde hun noget raillerende over en og anden, lo han høit.

-Hvor du ler Carl, sagde Greven.

-Gør det noget? Det kom hurtigt og han saa paa Ellen.

-Nei, slet ikke. De ved jo ikke, hvad vi ler af ... Men tag dog nu lidt Artiskok ... De har jo slet ingen Ting faaet ...

-Aa—a jo. Han tog lidt Artiskok paa sin Talerken og faldt igen i Staver. Ellen talte med en russisk Fyrstinde over Bordet.

Der var begyndt at blive livligt, og det var lidt vanskeligt at forstaa hinanden. Champagnekølerne kom frem foran Kuverterne, og Opvarterne fløi frem og tilbage bagved Stolene. Man hørte en stadig Knalden af Propper og Klirren med Glas i den forvirrede Støi.

Fyrstinden raabte meget høit, saa hun blev endnu rødere i Hovedet, og man kunde høre hende over den halve Sal.

-Men Serpolette er hendes bedste Rolle.—Jeg har en Loge. De tager jo med, Hr. Greve, tag med ... alle tre ... Hun tog sin Guldlorgnet op ... *Qu'est ce que ça—ce jeune homme là*, spurgte hun saa lidt sagtere.

Greven vidste ikke, hvorom der var Tale ... den unge Mand var hans Søn.

Det var Théo, som sang i Theatret. Fyrstinden havde en Loge—

ganske alene. De maatte følge med.

Ja—han takkede, hvis Ellen vilde ...

-Det vilde maaske more Carl ...

Hun vendte sig. Men, kære, De har jo ikke rørt Deres Artiskok ... Nu saa han igen paa hende.

-Nei—hvor han dog havde let ved at blive rød—jeg ved ikke, jeg forstaar ikke ... rigtig at spise dem.

Ja, saa var det altsaa aftalt, De fulgte med ... Kl. 9 ... De maatte sé anden Akt ... Scenen paa Markedet ...

Fyrstinden tog igen Lorgnetten op og saa paa Carl Urne, der fik Undervisning i Kunsten at spise Artiskok.

-*Il est charmant*, sagde hun ganske høit.

Tjeneren havde skænket Moët i Glassene, og Carl havde tømt sit et Par Gange. Greven havde drukket med ham og ønsket ham Velkommen. Ellen sad med Glasset og ventede.

-Drikker De ikke med mig, sagde hun.

-Jo Tak—saa gerne ... men ...

-Men saa klink dog!

-Tak! Han stak det ud til Bunden. Det er deilig Vin, sagde han. Saa sød.

Støien steg for hvert Minut, og alle talte i Munden paa hinanden. Over det hele hørte man Fyrstindens Skraalen, hun viftede sig, saa hendes Diamantbandelokker dirrede i Vinden—og noget høirøstet forfærdeligt Engelsk fra et Par Amerikanere, som spiste med Armene paa Bordet og halvt opsmøgede Frakkeærmer.

Carl var ogsaa blevet rød i Kinderne og lidt mere snaksom. Han talte saa morsomt Dansk med underlig Akcent. Ellen lo af det.

-De snurrer—De snurrer saa latterligt.

-Lyder det da grimt? spurgte han, og ganske som en Elev til sin Lærer sagde han alvorligt: Det skal nok blive bedre.

Ellen smilede ad Tonen, hvori han talte. Det er jo rimeligt, naar man har været borte fem Aar ...

-Ja ... næsten seks ... til November ...

Der var allerede adskillige tomme Pladser ved Bordet Englænderinderne begyndte at reise sig, mens Deserten blev budt om, og de forsvandt lidt efter lidt, stive og ubevægelige. Men de andre holdt Stand, noget échaufferede, pludrende over deres Konfekttallerkener, og med de blottede Arme støttede paa Bordet. Vifterne fløi frem og tilbage, og man plyndrede ubarmhjertig Opsatserne for deres Rosenflor.

Ellen lænede sig tilbage i Stolen og trak sine svenske Handsker op paa Armene; Greven lukkede Armbaandene igen; lidt fortumlet af Støien og Maaltidet, blev Ellen siddende tilbagelænet og pillede tankeløs en Rose i Stykker i sit Skød.

Pludselig saa hun hen paa Carl, og da hun lod Blikket smilende hvile paa ham (han sad igen bøiet over sin Kuvert og saa paa hende), sagde han:

-Jo—De er meget smukkere end Deres Portræt.

-Synes De? sagde hun og lo igen. Ja—hvilket er det, De har.

-Et stort—med Kniplinger om Hovedet ... Aa, først maatte jeg slet ikke ha'e det paa min Væg ...

-Hvad for noget—maatte De ikke ha'e det? for hvem?

-Nei—i Pensionen maatte vi ikke ha'e unge Dameportrætter ... og jeg havde ikke sagt til Hr. Dubois, hvem det var ... Saa sladrede de andre ... og saa sagde Forstanderen, at jeg havde nok et Billede ... som ... jeg ikke maatte og saa maatte jeg jo sige ... at ... det var ... Dem.

Ellen lagde Rosenbladene i en Krands paa sin Handske og pustede til dem, saa de fløi som Sommerfugle.

-Naa ... og saa blev Billedet hængende?

-Ja—over min Seng.

De brød op. Greven gik om og bød Fyrstinden Armen, og de satte sig alle i et Hjørne i Konversationssalen. Herrerne omringede Ellen og spurgte, om hun havde været syg, siden man ikke havde set hende imorges paa "la plage".

Saa gik Greven ud paa Verandaen for at ryge, og Ellen blev tilbage i Salonen med et Par trofaste. Carl havde skjult sig omme bag en Gruppe Palmer.

-De har forøget Deres Hof, sagde Hr. von Dannenberg og lænede sig lidt over mod Grevindens Vifte ... en ungdommelig Tilbeder.

Ellen forstod ikke.

-Pagen, De havde tilbords. Kender "Grevinden" nu ikke "Cherubin"?

-A—a jo ... Ellen gjorde Puderne tilrette paa Chaiselonguen ... Det er min Søn.

Og da Baron Dannenberg stod konsterneret, med aaben Mund, tilføiede hun leende:

-Ja, Baron, min Stedsøn—en Søn af min Mands første Ægteskab ... Skal vi gaa ud til de andre?

* * * * *

Fyrstinden tog Carl Urnes Arm, da de stod ud af Vognen, og oppe i Logen lod hun ham sætte sig ved Siden af sig. Salen var næsten ganske tom—det var Mellemakt. Fyrstinden lagde Kikkerten bort og begyndte at snakke med Carl.

Det var en vovet Snak om alt muligt, med Spring saa hist, saa her, og med hasarderede Antydninger.

Carl svarede kun med "Ja" og "Nei", sad helt ude paa Kanten af Stolen for at undgaa Fyrstindens Vifte, der var lige ved at streife hans Kind, og skottede hen til Grevinden, som sad lidt i Baggrunden i Halvmørket.

En Gang imellem, naar han dumpede ud med et Svar eller et Spørgsmaal, lo Fyrstinden himmelhøit og vendte sig til Ellen.

-*Ah—l'ingenu—il ne comprend pas.*

Ellen svarede kun med et svagt Smil og vedblev at betragte Salen, der begyndte at fyldes.

Hun sad med Kikkerten for Øinene, mens hun hørte hvert Ord, Fyrstinden sagde. Hun følte et nervøst Mishag med hendes Snak.

-Det varer en Evighed, sagde hun.

-*Chère—la divette* maa have Tid til at puste—naar man er saadan snørt. Fyrstinden lo igen og vendte sig til Carl.

-Nei—se. Der staar jo Prinsen af Ligne. Er han ogsaa i Ostende ... Ham maa de jo kende fra Brüssel—

-Ja—jeg har set ham et Par Gauge ...

-Og hans Moder—hun er saa smuk ... Ja ... Fyrstinden examinerede Prinsens Loge i Kikkerten—han er forresten ogsaa køn ... For den Historie kender De da?

-Alle siger, han er saa elskværdig.

-Gudbevar'es, derfor kan man jo gerne kalde Prinsessen for Salonernes Rachel—

-Spiller hun Komedie, spurgte Carl.

Ellen havde forstaaet og blev pludselig rød uden at hun vidste hvorfor. Men Fyrstinden var virkelig utaalelig, hun lo, saa hun maatte bide i sin Vifte og sagde:

-Nei—hun spiller bare "Fædra".

Carl vendte sig imod Grevinden, som om han ikke forstod, hvad der var ment, men Ellen sad stadig med Kikkerten for Øinene, kun beskæftiget med Salen. Fyrstinden fulgte Retningen af Carls Blik:

-Ja—De kender jo dog Historien, sagde saa Fyrstinden og vendte sig.

Ellen tog først Kikkerten bort og som om hun slet ikke havde hørt noget, sagde hun aandsfraværende:

-Hvilken? Taler De og Grev Urne nu om Mytologi?

Men saa fik Fyrstinden pludselig Øie paa en Veninde i den anden Avant-scéne-Loge, og hun maatte absolut over at tale med hende. Grev Urne kom ind og fulgte hende over.

Ellen følte det som en Lettelse, da hun var gaaet. Fyrstinden taler saa meget, sagde hun og slog sin Vifte ud.

Kan De godt lide Fyrstinden, spurgte Carl.

-Aa—jeg kender hende saa lidt.

-Jeg kan ikke udstaa hende. Gid hun vilde blive borte. Carl vendte sig igen mod Tilskuerpladsen og saa i Kikkerten. Det er jo Prinsessen af Ligne, sagde han.

-Jo—jeg tror det.

Det var en høi, majestætisk Figur, som sad ved Siden af Sønnen. Ellen saa paa hende.

Saa paa en Gang reiste Carl sig og gik hen og tog hendes Haand.

-De er da ikke vred, fordi jeg er kommen hjem? sagde han. De maa ikke være vred.

Tonen var saa mærkelig blød, og han blev ved og ved at trykke hendes Haand.

Ellen saa lidt paa ham: Vred? Hvorfor dog det? Og hun var saa besynderlig nervøs, at hun fik Taarer i Øinene.

Lidt efter kom Fyrstinden og Grev Urne tilbage og Akten begyndte.

Carl morede sig umaadeligt og lo himmelhøit ad Løierne. Se dog, se dog, sagde han, kvalt af Latter. Se dog, hvor han er komisk—aa —nu falder han ... aa ... sikken Kolbøtte ...

Man begyndte paa en Gang at klappe nede i Parkettet, og de bøiede sig alle frem over Logeranden. Det var Théo, som kom ind.

L'impudente, sagde Fyrstinden.

Théo gik længere frem rokkende en Smule paa sine høie Hæle.

Der blev ved at lyde nogle afbrudte Bravoer fra Salen, og Orkestret taug. Théo stod midt paa Scenen og rørte sig ikke. Hun holdt det lokkede Hoved paa Siden og smilede uskyldigt, saa man saa hendes hvide Tænder.

Se Tænderne, sagde Greven, han kærtegnede sit Overskæg— Millionknusere.

Ladiva stod der endnu og blev ved at smile. *La coquine, l'impudente*, sagde Fyrstinden igen, hun blev ved at sluge hende med Kikkerten.

Pludselig skottede Ellen hen til Carl, som sad ved Siden af hende: Han var ganske bleg. Han sad forbauset med store Øine og stirrede paa Scenen uden Kikkert. Men saa med én Gang blev han blussende rød, og da Théo begyndte at synge, reiste han sig sagte og gik op i Baggrunden. Der blev han siddende.

Ellen blev selv rød og utilpas ved Sangen; hun vendte Hovedet lidt bort fra Scenen, og saa ud over Tilhørerpladsen, saalænge Théo sang.

Men Carl blev siddende helt inde i Logen, indtil Tæppet faldt.

* * * * *

De sendte Vognen bort: de vilde hellere gaa hjem langs Dæmningen. Fyrstinden tog Grevens Arm og Carl bød Ellen sin.

Hverken Carl eller Ellen talte, mens de gik ned over Torvet. Men da de kom ind i Gaden ned mod Dæmningen sagde Carl: Aa—han trykkede hendes Arm—hvor det er deiligt at komme ud; og overstadig gav han sig til at løbe med Ellen under Armen henad Fortoget. Vi maa se, om der er Fosfor i Vandet!

Ellen lo og lod sig trække ned med. Hans Overstadighed smittede hende.

Hører De, raabte hun, hør—Carl, Carl, det gaar ikke an. Hun brugte hans Fornavn uden at vide det. Jeg bliver—helt forpustet.

Men de blev ved at løbe ned gennem Gaden, leende, indtil de naaede Stranden.

Der hvor Oceanet laa med Stjernehimlen over det dybe Mørke. -Nei—nei—hvor her er smukt. Hans Udbrud døde, og de taug.

Lænede til Rækværket stirrede de ud over Havet.

Men da de hørte Grevens og Fyrstindens Stemmer lidt borte, vendte de sig begge hurtigt paa samme Tid, og de gik videre, hjemad, langs Dæmningen.

De havde gaaet et Stykke uden at sige noget. Saa stansede Carl, og paa sin sædvanlige bratte Maade sagde han: Hvor tør Fyrstinden dog sige saadan noget ... om Folk ... saa skrækkeligt. Ellen saa paa ham. Hun havde ikke troet, han havde forstaaet—

Men hun spurgte ikke, og han talte ikke mere. Udenfor Hotellet ventede de paa de andre, og de gik op sammen.

Ellen opdagede, mens de ventede paa Théen, at hun havde tabt sin Vifte, maaske paa Trappen. Carl løb ned i Portnerlogen for at spørge, og Viften laa paa Bordet. Portneren gav ham den.

-Det er maaske Deres Søsters Vifte? Den er just funden paa Trappen—

Carl saa paa ham, og lidt forvirret over sin Familiaritet, sagde Portneren.

-L'eventail de madame la comtesse!

Carl lo og tog Viften. Men udenfor Døren kyssede han to Gange dens hvide Svanedun, inden han gik ind til de andre.

Lidt efter vilde man til Ro. Da Carl sagde Godnat, kyssede han Ellen paa Haanden og sagde sagte: Mange Tak, mange Tak for idag. Og da han løftede Hovedet, saa Ellen, at han havde Taarer i Øinene.

Greven blev nogle Øieblikke tilbage. Han er en skikkelig Dreng, sagde han. Og han har virkelig voxet sig køn—synes Du ikke?

Ellen havde ikke hørt hvad han sagde. Hun stansede paa sin Vei forbi Sofaen.

-Tror Du, tror Du egenlig det var rigtigt at tage ham med i Theatret ...?

-Hvorfor dog? Aa—han lo—nei, ved Du hvad—det store Menneske ... Det var dog for galt ...

Nu da det blev sagt, følte Ellen selv det latterlige; hun kom til at smile: Nei—ikke saadan, sagde hun ... Men—aa nei, det var bare en dum Idé ...

Da Greven var gaaet, aabnede hun Flygelet og gav sig til at spille. Det var en gammel Melodi, som gled frem under hendes Hænder. Hun vidste det knap selv, men mens hun spillede, begyndte hun at nynne svagt. Saa sang hun:

Tell my the tales, as remember to my
    Long, long ago
        Long ago.

* * * * *

II.

Deres Yndlingstur var langs Havet.

De gik bort fra Dæmningen, forbi det kongelige Slot, ud, hvor der ikke var banet Vei, og Ellen gled i det løse Sand. De maatte holde sig fast i Marehalmstotterne, naar de vilde op paa Klitterne, og sommetider maatte Ellen tage fat i Enden af Carls Stok, og saa trak han hende op paa Klitbanken.

Thi der oppe fra var Havet skønnest. Det laa som en straalende, altid vuggende Flade, grønlig-blaat i Middagssolens Skær.

Og intet saa de uden Hav og Himmel. Himlen sommerlig med sit uendelige Blaa, dyb og klar; og Havet samlende paa sine Bølgekamme Solens Straaler i en Glitter-Stribe, der bestandig steg og sank igen og brødes.

Saa plantede de den store Lærredsparasol i Sandet og slog den op og satte sig under den i Skyggen; han mest ved hendes Fødder. Thi det var hans bedste Plads.

Men mens de talte—det var hende mest, han sad og lyttede— hørte de bestandig Oceanets Skvulp, der gik tungt over Strandens Sand.

Og naar han saa paa én Gang, mens de sad, greb hendes Haand og beholdt den længe mellem begge sine, tog hun den ikke bort, hun smilede kun. For hun vidste, saadan var han, og hun havde vænnet sig dertil. Nu kunde hun slet ikke tænke sig det anderledes.

* * * * *

De allerførste Dage var det hans Øine, der havde interesseret hende. De var altid duggede—hans Øine, og de hvilede pas hende overalt. Hun kunde sidde i Kurhuset midt i en pludrende Kreds, og henne fra en Krog følte hun hans Øine paa sig; de søgte hende, naar hun taug, og naar hun talte; de veg ikke fra hende, naar hun gik, fulgte hende, hvorhen hun flyttede sig.

-Deres Stedsøn har katolske Øine, sagde Fyrstinden til hende. Han lever evig med Blikket paa Madonna.

Fyrstinden havde Ret. Det var noget lignende, som laa i hans Blik, og Omskrivningen gav det halvt. Blikket paa Madonna.

Hun sagde det en Dag til ham.

-Hvorfor ser De dog altid paa mig? Er der saadan noget mærkeligt ved mig?

-Ser jeg paa Dem?—det ved jeg ikke af. Men lidt efter hang hans Blik atter paa hende med det samme Udtryk.

Naar de var alene, og hun længe havde talt og saa rettede et

Spørgsmaal til ham, svarede han aandsfraværende og som en, der vaagner af Drømme. Hun vidste ikke en Gang, om han rigtig havde hørt, hvad hun havde sagt. Men hørt det, havde han alligevel; for det kunde godt hænde, at han et Par Dage efter, midt som de sad og talte om andre Ting, pludselig spurgte om et og andet fra den gamle Samtale, som hun knap havde troet, han havde hørt.

Saa havde han altsaa baade hørt det og tænkt derover.

Men Tingen var, det blev lidt vanskeligt at vide, hvordan han egenlig var, og hvad han tænkte. Thi han talte saa lidt om sig selv. Hun kunde ligefrem kæmpe for at faa ham til at tale, fortælle, give sig hen—thi han var bare som bunden af hende, sunken hen i en stirrende Beundring, hvor han gik op i det: at se og høre hende.

-De taler aldrig, sagde hun til ham. Fortæl mig noget.

-Om hvad? Jeg ved ikke hvad jeg skulde sige: De taler jo.

-Ja, men jeg vilde gjerne, De skulde tale ... fortælle mig lidt. Om Deres Liv, om Dem selv ...

-Jeg har ikke noget at fortælle.

Et var sikkert; hendes Mands Søn var uerfaren som et Barn, Hun kunde ligefrem blive irriteret ved altid at møde det samme store, forundrede Blik, og bestandig at høre de samme vage, halvdrømmende Svar, naar hun spurgte. Han var dog tyve Aar og havde levet med andre, var opdraget midt i en stor By, i et adeligt Pensionat. Saa stod man dog ikke saadan udenfor alle Begreber ...

Undertiden troede hun næsten, det hele var Affektation. En Kerubin-Rolle, han paatog sig, og som gav ham Lov til de utroligste Ting: til pludselig at klappe hendes Hænder, naar hun havde givet ham Armen paa Dæmningen, eller lægge sig ned for hendes Fødder om Aftenen, naar de var alene i Stuen.

Men at demonstrere nyttede ikke, for det forstod han ikke eller vilde ikke forstaa. Sagde hun noget, saa han blot paa hende med sine besynderlige Øine, der altid var som fulde af Taarer, og hans Væsen blev sky og forknyt.

Og hun blev paany forundret, troede ham igen og kunde ikke taale at se ham bedrøvet. Selv den mindste Misstemning virkede paa ham som en hel Betagelse, næsten som en fysisk Smerte, der gjorde ham hjælpeløs og ulykkelig.

-Hvorfor ser De dog saa bedrøvet ud? spurgte hun saa omsider.

Som oftest svarede han ikke, hans Læber skælvede blot, mens han holdt dem fast lukkede.

-Er det mig, som gjorde Dem bedrøvet?

-Aa nei—De—og han saa paa hende—men jeg tror, De er vred paa mig.

-Men, hvorfor dog?—hvor falder De dog paa det? Jeg har jo slet ingen Grund til at værre vred.

Hun lod Haanden glide hen gennem hans Haar—saa blødt, et lokket Barnehaar at føle—og han lagde næsten sit Hoved op til hendes Knæ.

Hun flyttede sig ikke, Efterhaanden tænkte hun slet ikke mere derover. Hun sad og lod sin Haand klappe det lokkede Hoved, mens hun talte ganske blidt, saa blidt.

-Ja, sagde hun, ja, Carl, De er et godt Barn. Og hans Hænder, der skælvede, greb hendes.

Efterhaanden begyndte han ogsaa at tale mere frit. Han fortalte om sin Barndom i Brüssel og om Livet paa Boulevard du Midi i Hr. Dubois Pensionat.

Det var en ensformig Barndom uden Afveksling. Den unge danske Dreng havde levet fremmed og alene mellem de nitten Franskmænd i Hr. Dubois adelige Planteskole. Han havde været meget gode Venner med dem især i de første Aar, men senere, da de begyndte at blive voksne allesammen, kom han langsomt til at staa helt for sig selv. De andre kom ud, fik Lov til at gaa paa Bal, fulgte med deres Slægtninge i Theatret og besøgte dem om Fridagene. Carl Urne kendte ingen. Naar de andre saa kom hjem fra Ferien, og de om Aftenen pludrede paa Sovesalene fra Seng til Seng om deres Erobringstog mod Kammerpigerne og erotiske Seirvindinger over Kusinerne og—Tanter, laa Carl vel og hørte paa Ordene, som blev sagt, men han tænkte ikke noget derover, og altsammen var det noget, som ikke vedkom ham. Thi ham traadte det aldrig imøde, og det havde ingen Virkelighed for ham.

Dagene gik saa let.

-Vi havde jo nok at gøre hele Dagen. Saa havde jeg ogsaa mine Timer med Professor Genest og saa fægtede jeg hver Dag—jeg var den dygtigste i Fægtning ...

-Men i Deres Fritid—om Aftenen? ...

-Aa—saa gik jeg med mig selv ...

Det var Tingen. Han havde gaaet med sig selv—udenfor Livet.

Han havde læst og skrevet og lært udenad og fægtet, og Dagene var gaaet, og mens Maanederne hurtig blev til Aar og Aarene som Dagene, og mens de andre var begyndt at kigge nysgjerrigt over Hr. Dubois Gitter ud i Livet, maaske i Smug at smage lidt paa dets Frugter, gjorde han sin daglige Dont som i Drømme.

Ellen begyndte at forstaa sin Mands Søn. Han havde levet sin Barndom som en fremmed mellem fremmede. Han havde ikke forstaaet de andre, de andre ikke ham.

De første Aar var alt gaaet godt, men siden var Forskelligheden vel instinktmæssig blevet følt, Carl Urne og hans Kammerater vare skiltes, og hos hendes unge Stedsøn havde Længsler og Savn, vaagnende Begær og gammel Tørst efter Ømhed, samlet sig i et ensomt Sind som et Taagehav af vagt Drømmeri. Deri havde Carl Urne levet sin første Ungdom.

Naar han nu, mens de sad paa Klitten under den store Parasol, fortalte om den svundne Tid, kunde han pludselig gribe hendes Haand og trykke den krampagtigt.

-Men nu—nu har jeg det saa deiligt.

De blev tause, og bevægede lyttede de til Havets Sang. Vid og mægtig laa dets KæmpeFlade.

-Længtes De da ikke? spurgte hun.

-Længtes? Jo—nu tror jeg, det var Længsel. Mange, mange Aftener, naar jeg sneg mig ud af Sengen, mens de andre sov, og jeg stod og stirrede paa Himlen, og jeg græd og græd—

-Stakkel—det var Hjemve ...

-Har De ogsaa følt det? ... naar Skyerne driver, og man bli'r ved at stirre, stirre paa dem, til de fortæller En saa meget ... som, man slet ikke ved, hvad er ... for det er altsammen som i Drømme ...

-Jo, det føler vi vel alle—naar vi er unge.

-Det er, som man gaar i Taage, og noget bliver ved at kalde og kalde paa En, og det tynger som en Byrde paa Ens Bryst ... Just, fordi man ikke ved, hvad det er—

... Det er ligesom det raabte bag et Tæppe, og man lytter og lytter og forstaar det ikke ...

Solen begyndte at dale. Ude i Vest stabledes Skyer til Bjerge, og mens den halve Himmel glødede i Flammer, gled det store Hav som en Strøm af Purpur, dunkelrødt, med Vinens fulde Farver, op mod Stranden til dem.

Da døde Talen.

De reiste sig stille; og fra Klittens Kant saa de, han lænet op mod hende, frem mod det funklende Hav.

Hun læste i hver Krog af hans Sjæl; hver Rørelse fornam hun i dette Liv, som var begyndt at foldes ud.

Og da Ellen først troede paa sin Stedsøn, veg Forbauselsen, og den blev langsomt til en halvt vemodig Interesse i Slægt med en Søsters milde Hengivenhed. Hendes egen Erfaring bandt hende til denne Uberørthed, som hun ønskede at værne om.

Saa følte hun under sit Samliv med Carl alt mer og mer Sædemandens Glæde. Hun fornam paa sin Vandring gennem dette Sjæleliv, som hun følte, hun tog i Besiddelse, en besynderlig og utænkt Fryd ved at kaste ved hvert Ord og i hver Time den første Udsæd i en ny og jomfruelig Jord, ingen Plovfure havde brudt, og som skælvende undfangede sin første Grøde.

Ligesom alle blaserede og skeptiske Sjæle var Ellen i sit inderste dybt sentimental, og efterhaanden kunde selv det mindste Udbrud af Carls umiddelbare Sind vække hendes Følsomhed.

Der hørte saa lidt til at gøre ham glad, blot en lille Gave, saa ubetydelig en Overraskelse, den ringeste Gunst. Og naar han saa viste sin Glæde i alt dette pludselige og umotiverede, det næsten kaade, der var eiendommeligt for hans Væsen, som bestod af Udbrud, da kunde hun reise sig taus, gaa hen imod ham og betragte ham med et Smil—men hendes Øine var fulde af Taarer. Og hendes Stemme var blød som et Kærtegn, naar hun sagde til ham:

-Carl—hvor De dog er et Barn.

Hun vænnede sig at kærtegne ham. Overfor ham kom Ømhed af sig selv. Hundrede Gange greb han hendes Hænder, altid maatte han være hende legemlig nær. Deraf opstod lidt efter lidt den evindelige Nærhed, hvori de levede af hinanden: en drivende Trang hos hende til at give, hos ham til at indsuge med Sjæl og med Sanser—førte dem uimodstaaeligt sammen.

Ellen begyndte at gribe sig i uafbrudt at tænke paa ham. Hun smilede deraf. Men uden at gjøre sig Rede derfor, vogtede hun sig for ikke at tale formeget om Carl. Hun troede nok, hun havde gjort det i den sidste Tid.

Hun var heller ikke mer ganske ens i sit Væsen, naar de var alene, og der var andre tilstede; undertiden, naar der var fremmede eller blot hendes Mand kom ind, kunde hun ignorere ham, være ganske kold og slet ikke se ham. Men saa, naar de igen blev ene, følte hun det som en Befrielse, og der kom over hende en frisk Glæde, som paa en Gang kunde gjøre hende næsten yngre end han.

Disse Overgange skabte mellem dem et eget Frimureri, som han slet ikke anede, hun kun ubestemt fornam med eget Velbehag.

*****

Det var Badetid, og Strandbredden var opfyldt af Støi.

Naar de tunge Badevogne rullede ned gennem Brændingen, løb Herrerne hurtigt ud imod dem, barbenede og hujende, og der begyndte en Strid; klyngevis stredes de og fægtede oppe paa Vogntrinene, mens Badekonerne værgede Dørene, og de flamske Kuske skændtes ... Saa blev der en Jubel af Skrig og Raaben, naar Flamlænderinderne svang de store Koste, og Kuskene smældede med Pidskene over Herrernes Hoveder, saa de maatte slippe Taget og de satte sig midt i det halvvaade Sand lige paa Bagdelen, mens Hestene stampede.

Halvnøgne Bebéer væltede rundt i de dybe Hjulspor: eller de rodede i Sandet med Spader og Hakker og lavede Volde og Fæstninger og gravede dybe Kanaler af de smaa stillestaaende Arme af Oceanets Vand, som Floden havde glemt. Eller de lod bygge Pyramider om sig af Sandet lige til Hovedet, der stak op lyslokket over Sandbjerget, mens Ammerne hvinede og Guvernanterne rendte rundt paa Strandbredden som forpjudskede Høns, der har Ællinger.

Men lidt længere inde laa Mødrene under spraglede Lysthusparasoller med en Bog og ventede dovent paa deres Badetime.

Herrerne strakte sig paa Maven, mens de studerede "Gil Blas" og blev bagte af Solen, eller de røg med Næsen lige op i Luften og en glemt Roman paa deres Knæ, eller de iagttog Havet fra Taget af de tomme Badevogne, væbnede med uhyre Kikkerter og værnede af store Panamahatte.

Ude i Brændingen holdt Badevognene i en lang Række med deres hvide Tage skinnende i Solen. Mellem de høie Hjul dukkede de Badende frem, og sprang op og ned for Brændingens tunge Stød.

Raabene og Latteren fra Havet gled sammen med Strandbreddens Spektakel, hvor man hørte Bladsælgernes Skrig og Børnenes Hvinen mens de legede ... Der var et Mylr i Sollyset af rødstribede Parasoller, flamske Dragter og smaa Telte med farvede Vimpler ...

Og hele Hurlumheien ledsagedes af Brændingens ensformige Slag, der reiste sig mellem Badevognenes Hjul og gik skummende ind mod Stranden med en dump Brusen.

Ellen sad inde paa Bredden under en stor Solskærm og vidste

ikke, om hun vilde bade. Thi hun havde i de sidste Dage ikke været ganske vel. Men da Tjeneren meldte, at Vognen var beredt, kunde hun ikke modstaa og reiste sig. Hun viftede til Greven fra Badevognens Trappe, og hun klædte sig hurtigt af inde i Rummet.

Hun hørte Vandets evige Sladsk om Hjulene og Hesten, der asede i Bølgerne. Gennem Lugen saa hun ud over Havet, hvor de Badende flokkedes i Klynger, dukkede sig og under forvirret Jubel løb ind foran den mægtige Brænding—der naaede og dækkede dem—og gled over.

Solen glitrede over hele Havet.

Hun følte en Glæde til Badet, mens hun fæstede de Perlemoders Spænder, kastede den lette Silkeslaabrok om sig og slog de to Slag paa Døren for at kalde. Den store Flamlænderinde stod opskørtet paa det nederste Trappetrin, og Ellen traadte ud.

Hun vilde lade Kaaben falde i Konens Hænder, men hun tøvede med Haanden løftet for at løse Baandet og betragtede Oceanet.

Hun syntes aldrig, hun havde set det saa smukt.

Det gled majestætisk under Augustdagens Sol i skinnende Pragt. Helt ude laa det som en sollys Flade, et slebet Speil for Himlens Sommerklarhed, fortonet let i Horisontens Dis; men længere fremme fik det mørke Farver, rullede dorsk de tunge grønblaa Vande ud for Solens Kærtegn, som et Kæmpedyr, der dovent strækker Kroppen.

Inderst inde gjorde de Badende Larm. Fyrstinden førte an i en Kvadrille, der løstes op og flygtede med Hvin for en skummende Brænding—

Ellen vaagnede af Drømmeriet ved et Gys og løste hurtigt Snoren til sin Kaabe. Hun stod i Badedragten paa det øverste af Trappen.

Saa vendte hun sig for at gaa ned, men hun stansede med ét. Lidt foran sig saa hun Carl, stirrende paa sig, blussende rød. Hun blev forvirret og ganske bleg.

Og i det samme greb hun Kaaben, slog den om sig og steg ned i Vandet.

* * * * *

De gik rundt om Kurhusets Galleri, hvor Dørene stod aabne til det mauriske Tag. Nede i Salen havde det været meget varmt, knap til at aande. Her følte man Luften fra Havet, stærk og kølig, og med Carl under Armen traadte Ellen ud paa Taget.

De stod lidt ved Døren—som om Ellen pludselig tøvede for

Mørket. Saa begyndte de at gaa, langsomt, Arm i Arm under den stjernerige Himmel.

De hørte Orkestrets Musik, der steg afbrudt op fra Salen, og den dybe Mumlen fra det nære Hav. Faldt en Stjerne, stansede de begge.

Husk at ønske, Carl.

Han svarede ikke, men hun betragtede hans Ansigt, der var opadvendt mod Mælkeveiens Skær.

De nærmede sig til Balustraden mod den store Gaard; og de hørte Stemmer og Raslen af Seletøi og Portierens Raab, der skreg til Kuskene ... Lyset fra "Ærestrappens" Kandelabrer slog op imod dem og blændede deres Øine.

Kom—lad os gaa.

Men Ellen vilde sé, gik hen til Balustraden og lænede sig frem. Det er til Ballet, sagde hun. Sé blot.

De stod over Trappen; i Ly af den store Portal strakte de Hovederne ud tæt ved Siden af hinanden og saa paa Strømmen af Gæster. Damerne steg ud af deres Vogne og løb op ad Marmortrinene ved Herrernes Arm, med opløftede Slæb. Naar de kom ind under Kandelabrene, saa Carl og Ellen Diamantagretternes Spil i deres Haar og de hvide Nakker under Silkeslaget, naar de bøiede Hovedet. Efter dem dukkede Tjenerne frem med ubevægelige Ansigter og blottede Hoveder.

Vognene blev ved at køre til og fra. Dørene smældede op og blev smækket i.

Ellen kendte de fleste; og de begyndte at hviske og pege oppe i Skyggen af Portalen, morede sig over at se, uden at blive set.

Gennem de oplyste Vinduer fulgte de Skaren langs med Gangen, hvor de stansede, mens Tjenerne tog Balslagene. Damerne lod Slæbene falde og lænede sig ved Herrernes Arm. Majordomus slog Fløidørene op. Saa vendte Tjenerne tilbage til Vognene, stive og alvorlige.

Inde i Balsalen saa Ellen og Carl Skyggerne glide forbi Rudernes Kniplingsforhæng, mødes, dvæle sammen og skilles. De lo, naar de kendte dem igen.

Dét var som en hel Leg af Skyggebilleder ... mens Musiken begyndte at spille til Dans, og Vognene blev ved at rulle op foran Trappen.

De blev staaende bøiede ud over Balustraden og saa ned. De følte begge en stille Glæde ved at staa her sammen i Mørket, over Sværmen; og Carl havde uden at vide det lagt sin Arm ind under Ellens.

Saaledes stod de længe. Ellen begyndte at nynne Valsen fra Balsalen. Saa halvsang de lidt efter lidt begge to, indtil de gav sig til at le, langt og fornøiet, og lige med ét løb de bort fra Balustraden ind i Mørket.

De gik atter langsomt, forbi Koncertsalens Kuppel, tause og bøiende bort fra Lyset.

Men da de naaede Balkondøren, hvor Musiken strømmede op imod dem, stansede Carl:

-Hør, det er Rubinsteins "Asra".

Ellen havde endnu Valsen i sit Øre.

"Asra"? sagde hun.

Men pludselig genkendte hun Ordene:

—Täglich ward er bleich und bleicher,
    bleich und bleicher

—Og blev staaende lyttende som han.

Naar Sangerens Stemme sagtnede, hørte Ellen Carls Aandedrag tungt tæt ved sig; og hun havde Lyst til at sé hans Ansigt. Men hun forblev ubevægelig. Lidt efter trak hun stille sin Arm ud af hans.

Saa løftede hun Blikket og saa fra Siden paa ham. Han var betagen og bleg.

Und mein Stamm sind jene Asra,
    welche sterben, wenn sie lieben.

I pludselig ømhed, mens Sangeren henaandende gentog de sidste Ord, lagde hun sin Arm om hans Hals.

Da de vækkedes af Bifalds-Larmen, løftede Carl sit Hoved fra hendes Skulder.

-Kom—lad os gaa ned til Havet.

-Til Havet, nu ... saa silde ... Nei—kom, vi maa hjem.

Men hun fulgte efter ham og han gik foran langs med Balustraden til det lille Taarn. Der førte Vindeltrappen gennem Læsesalonerne ned til Terrassen imod Havet.

Trappen var mørk med fortrukne grønne Gardiner. Ellens Hæle klaprede mod Jernet; lidt efter snublede Carl. De tyssede paa hinanden og listede ned ad Trinene som to Børn paa Flugt.

Da de kom nedenfor den første Omdreining trak Ellen Gardinerne lidt fra. Hun slog Carl paa Skuldrene og pegede ud i Læsestuen: En gammel Gentleman sad og nikkede neden under.

Saa traadte de ad en Bagdør ud paa Kaien. Der var ganske stille. Kun nu og da bar et Vindpust en fjern forvirret Støi ind mod Dæmningen, et Par Valstoner døde hen ude over Havet. Ellers var det tyst.

De satte sig paa en Bænk ved Kaiens Rand, og mens de talte, begyndte det mørke Hav at lyse som hvid Ild. Bølgerne steg og sank med Skum af lyse Flammer; gød sig over Mørket som Tæpper af Lava i Luer. Indtil det hele Hav laa som et flammende Krater i Fosforets straalende Glans.

-Men—Carl, De, som er Lykkens Skødebarn? De skulde aldrig være helt glad?

-Nei—jeg ved ikke, men jeg kan ikke være helt glad. Som nu, hvor her er saa smukt, og De er her—og alting ... Jeg tænker altid bare paa: Naar det saa er forbi ... Og saa er jeg bedrøvet i det samme.

-Det er De ikke ene om. Saadan gaar det vel os alle, som føler altfor stærkt.

-Kan man føle for stærkt?

-Ja, Carl—for stærkt til at blive lykkelig.

-Maaske. Carl bøiede Hovedet og støttede det paa sin Haand, mens Ellen talte sagte:

-Naar man elsker den høieste Lykke af hele sin Sjæls Begær—og alt det andet kun er det nøgne Intet ... Livet bliver bare det ene eneste.

Ellen holdt inde, som betvang hun sig selv.

Og fortabt i Tanker reiste hun sig fra Bænken og gik hen ad Kaien. Carl fulgte efter, og da de igen gik ved Siden ad hinanden, gentog han i samme Tone.

-Det eneste—

Ellen hørte det og rystede paa Hovedet: Nei—Carl—det skal man ikke søge ...

Hun gav sig til at gaa roligere for at tvinge Oprøret, hvori hun var kommen. Men hun kunde ikke finde noget ligegyldigt at sige, og de taug begge.

Saa traadte hun ned ad Stentrappen, der førte til Havet, og de satte sig stille paa Trinet, tæt ved hinanden.

Havet lyste foran dem. Inderst inde spredtes Fosforglansen som et Skum af Stjerner i det mørke Vand.

Ellen betragtede Carl, og mens hun tog hans Hænder og klappede dem sagte, sagde hun:

-Jo, Carl, De maa blive lykkelig.

Han støttede Albuerne i hendes Skød, og de smilede begge med Taarer i Øinene. Saa med ét spurgte Carl:

-Hvorfor skrev De dog saa sjældent?

-Skrev? Aa—til Bryssel.

-Kun tre Gange ...

-De Par Ord ...

-Ja—for De vidste ikke hvor jeg længtes ...

De blev ved at sé hinanden ind i Øinene, indtil de skælvede.

Saa slog Ellen sin Arm om den Hvilendes Hals, og sagte som et Suk hvidskede hun, mens hun drog ham ind til sit Bryst:

-Min Dreng, min bedste Dreng.

Og længe modnes deres Læber.

* * * * *

I de sidste Dage af September var Grevens vendt tilbage til Danmark. De havde tilbragt et Par Uger i Paris og nogle Dage i Kassel. I Hamburg sagde Ellen, hun vilde gerne besøge Thorsholm i Stedet for strax at tage hjem til Urnesgave. Hun og Carl havde talt saa meget om hendes Barndomshjem, og hun længtes efter at se det igen. Saa tog de derop.

Ellen havde den lidt kostbare Idé, at hendes Fædrenegaard altid skulde staa beredt, som om hun kunde ventes hjem hver Time. Derfor behøvedes kun en kort Ordre, og de fandt ved Ankomsten alt rede og alt ved det gamle.

Det sene Efteraar var usædvanlig smukt med mild og gennemsigtig Luft. Paa Terrasserne blomstrede de højstammede Roser endnu, og Bedenes Grund var grøn af Reseda og Violer, der piblede frem paany. Langs Taarnene begyndte Espaliernes Blade at gulne, og Druerne tittede blaa og tunge ud bag mangefarvet Løv.

I Plænenes Anlæg ragede Bladplanterne op med mørke Kæmpeblade, og de store Maistoppe kastede lange Skygger hen over Grønsværet. Stive Asters prangede i Solen, og ved deres Rod i Bedene, der var krandset med Vedbend, mylrede det med Heliotroper ved Siden af Stedmoderblomster.

Alt spirede. Den store Rødtjørn stod anden Gang med fulde Knopper, beredt at springe ud, og rundt i Skyggen af Busketterne viklede friske Bregner sig lyse ud af deres Hylstre.

Men Rønnebærrene, der hang straalende røde, forenede Efteraarets Pragt med den sene Sommers, og Lindegangens Løv var isprængt med rigelig gult, der lignede Guldstænk i Solen.

Naar Carl om Morgenen havde kaldt paa Ellen ved at jodle udenfor Taarnvinduet, og hun aabnede Havedøren og traadte ud paa Terrassen— kunde hun staa længe fortabt i Beskuelsen af Haven, der straalede i sin sildige Rigdom under den første Formiddags Sol. Og naar de havde vexlet de første Hilsener, faldt de begge hen paa en Bænk, og halve Timer sad de, tause eller sagte samtalende, uden at kunne rive sig løs fra Synet af Havens Pragt. Der var i dens mylrende Rigdom af alle Aarstiders Gaver en tropisk Berusning af Duft og tusinde Farver.

De sadlede Heste maatte vente.

Ellens og Carls stadige Tur var til Bakkerne.

I den klare Luft straalede Havets fjerne Stribe som en Bræm af Sølv, og de bare Marker laa bølgende foran dem.

Hele Ellens Barndom vaagnede paany, mens de sad der under Egetræerne Time efter Time, og gensidigt flettede de Minde i Minde, et Væv af Erindringer, saa de syntes, hele deres Barndomsliv blev fælles Eie.

Og kun hendes Barndomsliv vaktes for Ellen ved hvert Skridt. Alt mellemliggende var forsvundet. Naar de gik i Lindealléen, hvor Solen kastede gyldne Pletter paa den muldede Jord, øste Ellen sine Barndomssorger ud som milde Klager i Carl Urnes Sind.

Elegisk maatte det vel kaldes, det der var kommet alt mer og mer over Ellen, det, som, naar de saadan gik, gjorde hendes Stemme ganske mild og Blikket saa dugget-blødt. Løste hele hendes Væsen op i klyngende Hjælpeløshed.

Det sugede Carl Urne ind som skøn Musik, indtil det var ham, der blev glad. Saadan skiftede bestandig deres Stemning.

—En Dag, da de sad paa Bænken ved Gravstedet, sagde Carl:

-Hvor Folk dog dømmer feil ...

-Om mig? Aa ja ... De kender mig jo ikke. Hun reiste sit Hoved lidt op fra Stenen, paa hvilken hun støttede det. Hvad siger man om mig?

-Aa—saa meget ... og saa er De just det mildeste, jeg kender.

-Altsaa, at jeg er haard. Tror De det, Carl? Aa ... nei ikke nu ... men der kommer maaske en Tid ... Hun taug lidt, saa sagde hun og stadig sagtere og mere tøvende:

—Men De maa heller ikke tro—hvad de fleste ... det vilde gøre mig ondt, om De troede det—at jeg er meget ærgerrig ... Hun tøvede igen, og Carl blev flygtig rød. Ellen støttede atter Hovedet paa Stenen:

-Jeg har aldrig fundet, at en Urne var mer end en Maag, sagde hun ... Jeg havde kun haft en eneste Ærgerrighed i mit Liv ... en eneste ... kun en Vilje: at bøie mig, et eneste Ønske: at hjælpes—og saa siger de, jeg vil kun befale ...

Ellens Hænder faldt slapt ned fra hendes Skød. Carl greb dem og bevæget sagde han:

-Og kunde jeg da slet ikke gøre Dem lidt glad?

Hun saa paa ham og trykkede hans Hænder, og i det milde Tonefald, der gjorde hendes Ord til tusind Kærtegn, sagde hun:

-Om De kan, min egen Carl, De er jo mit eneste Solskin.

—Om Aftenen læste de for hinanden, eller Ellen spillede. Naar de havde drukket The, og Greven fik sig et Parti Billard i det østre Taarn, tog Ellen en Kaabe om sig, og de spaserede i Haven. Natten var stjerneklar og forunderlig mild. De gik op og ned i Alléerne, hvor det var stille, saa de hørte deres egne Trin og hvert Blad, der sagte faldt til Jorden; paa de mørke Plæner ragede Bladplanterne og som store Skygger, og Heliotropduften gennemtrængte Nattens Mørke.

De blev ved at gaa i Alléernes Dunkelhed, tause i den stille Nat. Men pludselig droges de ind mod hinanden og med hastig Aande, berusede af Nattens Duft og Taushed, mødtes de i hede, uvilkaarlige Kærtegn.

Naar de saa atter traadte ad Terrassens Gange ind i Stuen, hvor Lampen brændte rolig under sin blaalige Skærm, faldt Carl Urne hen i lange Drømmerier. Men Ellen kunde kaste sig foran Flygelet, og i brusende Larm jog hun alle Strenges Toner op.

* * * * *

Saaledes gik et Par Uger paa Thorsholm.

En Aften var de blevet inde. Ellen frøs og havde fundet det altfor koldt at spadsere. Hun sad med Foden stemmet imod Risten og læste foran Kaminen. Naar hun løftede Blikket, mødte det Carl, der hang i en Stol, drømmende med opspilede Øine og Hænderne foldede over sine Knæ. Ellen faldt selv hen, glemte Bogen i sit Skød og stirrede paa Bøgeblokkene i Ilden.

Hun vækkedes ved Urets Slag og saa Carl endnu sidde ubevægelig i samme Stilling med store og stirrende Øine.

Hun saa et Øieblik paa ham, og Carl følte hendes Blik og vaagnede med et pludseligt Smil.

-Hvorfor læser De ikke for mig? spurgte hun.

-Hvad skal jeg læse?

-De holder jo mest af Musset. Tag hans Digte.

-Bogen ligger ovenpaa—

-Men saa—kan De jo hente den. Ellen reiste sig og lod raslende sine Sølvringe falde tilbage paa sin Arm. Bare De ikke er doven, sagde hun, De holder ikke af at bestille noget, Carl, og jeg hader ørkesløshed. Hent saa Bogen ...

Ellen havde talt i en irriteret Tone, og hun begyndte at gaa frem og tilbage paa Gulvet, mens hun gned Sølvringene i sit Armbaand op og ned paa sin Arm. Det var ikke sundt for Carl saaledes evig at falde sammen, sidde og drømme Tiden væk og stirre paa det tomme Rum, saadan, som han altid gjorde i den sidste Tid, det var sygeligt ... trættende at se paa. Og hvorom drømte han saa? Om hvad?

Om Formiddagen, naar de sad sammen paa Terrassen, kunde han timevis sidde taus, med Hagen støttet mod Marmorbalustraden og stirre ud over Lindene.

-Hvad tænker De dog paa? spurgte hun ofte. Hvor kan De dog sidde saadan uden at tage Dem det allermindste til?

-Tænker paa? Jeg ser blot saa mange Billeder for mig ...

-Billeder?

Og han faldt hen igen; og naar hun løftede Ansigtet fra sit Broderi, saa hun ham atter med de vidt opspilede Øine fæstede paa Himlen. Saa kunde Ørkesløsheden smitte hende, og halve Timer igennem ridsede hun tankeløst i Marmoret med sin Brodersaks, eller hun fulgte Majstoppene, hvis Skygger svingede for Vinden.

Ellen trykkede nervøst Sølvringen fast om sin Arm og trak hurtig Silkeslæbet efter sig paa Tæppet, mens hun gik. Der kom i den sidste Tid ofte denne Jagen over hende, en beklemt Uro, saa der ligesom lagde sig en klam Haand om hendes Hjerte; og Hvile fandt hun ikke nogensteds.

Da hun hørte Carl, der kom tilbage, satte hun sig igen foran Ilden.

-Sæt Dem her, sagde hun, De kan godt se ved Kandelabrerne, og det er afskyelig koldt ...

Carl rykkede en lav Puf hen til Kaminen: Men hvad skal vi læse? spurgte han.

-Hvad De vil.

Carl bladede i Bogen og slog op paa "Rolla". Han begyndte at læse de første Strofer og blev saa ved at læse et Par Sider ud i Træk. Han læste meget dæmpet, mens han sad i Lyset fra Kandelabrene, bøiet over Bogen.

Ellen hørte knap. Men Versenes bløde Lyd beroligede hende; hun mærkede Ordene som en dulmende Strøm for sit Øre, mens hun sukkede nu og da. Og uden at hun vidste det og ikke over disse Ord, som hun kun utydeligt fornam, begyndte lidt efter lidt Taarerne at rinde ned under de lukkede Laag ...

Da Carl holdt op, vendte hun sit Ansigt bort fra Lyset: Hvor det er smukt, sagde hun. Læs mer.

Carl slog nogle Blade om og lod Bogen hvile paa Sofakanten.

-Kender De Melodien til "Rappelle-toi", spurgte han.

-Ja—den af Mozart, sagde hun; og da han begyndte at læse, bevægede hun Læberne svagt, som om hun uhørligt nynnede.

Rappelle toi, quand l'Aurore craintive
Ouvre, au Soleil son palais enchanté;
Rappelle toi, lorsque la nuit pensive
Passe en rêvant sous son voile argenté—

Ellen havde dreiet sit Hoved, saa det laa i Lyset, støttet paa hendes Haand. Hun saa Skæret fra Ilden over hans Haar og Kinder, Haaret blev som Guldbrand derved. Og hun lagde Mærke til alle de fine Dun paa hans Kinder ligesom Fnuggene paa en Frugt ...

Rappelle toi, lorsque les destinées
M'aurent de toi pour jamais séparé,
Quand le chagrin, l'exil et les années
Auront flélri et cur désespéré.
Songe à mon triste amour, songe à l'adieu suprème!
L'absence mi le temps ne sont rien, quand om aime.
Tant que mon Cæur battra,
Toujours il te dira:
Rapelle-toi.

Carl vilde vende Bladet, men Ellens Haand lagde sig ned over Bogen.

-Læs det en Gang endnu.

Carl saa op: hendes Ansigt var til Døden blegt; hun lagde en Haand—af Is—paa hans og sagde igen:

-Endnu en Gang.

Han læste, en Smule stødvis i Rytmen. Og da han kom til Ende med Verset, lukkede han sagte Bogen til.

Ellen rørte sig ikke. Carl syntes, han kunde føle Kulden fra hendes Ansigt ned imod sig. Selv brændte han.

Saadan sad de lidt, Carl halvt forskrækket. Men da Kaminilden begyndte at skære Carl i Ansigtet, bøiede han sig frem, saa han saa Ellen. Hendes Ansigt var helt stift. Under det tykke Purr af Haaret stirrede Øinene og alle Træk var skarpe—

Og i forfærdet Angst for dette Ansigt, han aldrig havde set, strakte Carl Urne Hænderne frem:

-Ellen, skreg han. Hvad er der?

Hun vaagnede ved sit Navn.

-Lad mig gaa, rør mig ikke! hun næsten raabte, og da hun var kommen lidt hen over Gulvet, sagde hun uden at vende sig:

-Jeg er ikke vel ...

Hun bevægede Hænderne afværgende, tøvede, som om hun endnu vilde tale og gik.

* * * * *

Da Carl næste Morgen rullede Gardinet i sit Sovekammer op, var der Rim over Plæner og Træer. Det var med et blevet Vinter.

Ved Frokosten var Ellen livlig som før. Scenen fra igaar var glemt. Efter Frokost spadserede hun med Carl. De gik ned over Plænerne, i Bedene var alle Blomster frosne bort.

Da de kom hen under Rødtjørnen, løftede Carl sin Stok og slog op imod Grenene. De visnede Knopper faldt som sorte Smaakugler ned om dem paa den rimdække Jord.

—Næste Dag reiste Grev Urne fra Thorsholm til København. Det var vanskelige Tider for Politiken, og Hans Majestæt ønskede helst at have Grev Urne i Nærheden. Man haabede saa maaske ved Leilighed dog paany at kunne bevæge ham til at blive Premierminister, og i alt Fald kunde man bestandig høre hans Raad og benytte hans Indflydelse.

I København blev Greven da paa forskellig Maade optaget, og det var ikke ganske den samme Selskabelighed, hvori han deltog, som den, der lagde Beslag paa hans Hustru og Carl. Saaledes gik det til, at de to sidste i et Par Maaneder var ligesaa meget sammen inde i Byen, som de havde været paa Reisen og ude paa Thorsholm.

I November udstedte Grev Urnes Indbydelser til et stort Bal, der gaves til Ære for en fremmed Diplomat, en Ven af Greven, som var her paa Gennemreisen til Stockholm med sin Kone og sin unge Datter. Den kongelige Familie lovede at ville beære Festen med sin Nærværelse, og man ventede Ballet som Forsæsonens vigtigste Begivenhed.

* * * * *

III.

Bukkede Nakker i Rad, Damerne dybt i Knæ.

Et Fløjelsslæb tungt gjennem Rækkerne, i Næserne Duft af Verveine; og Fløjdørene lukkes bag Majestæternes hilsende Ryg.

Gæsterne dvæler i ærbødig Bøining.

Porten slaas op og slaas i. Majordomus med sin Stav vender tilbage; Grev og Grevinde Urne kommer, hver med sin Kandelaber: de har lyst Majestæterne ned.

Med et brydes Rækkerne under forvirret og hundredestemmet Støi. Man farer fra hinanden, og man samles, rundt om Buffetterne trænges man. Inde i Salen intonerer Musiken en Vals.

Midt i Larmen hører man Balinspektørens Raab: Første Extravals —første Extravals! og Majordomus Stemme, der bevæger sig frem mellem Grupperne: *Les tables à jouer—Messieurs, les tables à jour.*

Og Stemmen og Lyden af hans Sølvstav mod Jorden taber sig mellem Latter, Vifteknitren og Støien fra Balsalen, hvor man begynder at valse ...

Knald af Propper; Stimmel allevegne.

Carl Urne søger. Midt i en Skare unge Piger bag en Palmegruppe finder han sin Dame.

-Det er os, Comtesse.

-For anden Gang ...

-Ja ... De er Æresgæsten.

Han førte hende med sig ind til en Krog af Salen. De flyttede tæt sammen for at høre—Orkestermusiken var stærk—han helt ind til hende, Clara Zichy sad med sine blanke Ungarøine fæstet paa ham.

De skal ud. Carl Urne valser voldsomt, fører hende tæt, hun ligger som en Vaand i hans Arme. De stanser først, naar Musiken holder op.

Grevinde Urne kan ikke danse. Hun kommer ind i Salen med en

gammel fipskægget Hofmand og slutter sig til en Kreds af Damer. Talen er om Majestæterne.

-Hendes Majestæt var trist iaften, siger Grevinde Rosenkrands. Hun har ikke mer det gamle Smil—jeg vilde ikke have kendt hende igen ...

-Det er Begivenhederne i Rusland.

-Ja, det har taget overordenlig paa hendes Majestæt ...

Man glider fra Sprængningen i Vinterpaladsets Spisesal over til Nihilismen og Fyrst Krapotkin. Grevinde Petersdorf slaar sin Vifte sammen og siger:

-At Blodet i den Grad kan glemme sig. Hvor besynderligt. Tre omfangsrige Stiftsdamer nikker bifaldende, og en gammel Excellense i Divanen siger afsluttende og grødet:

-Godt, at vi har en stærk Regering.

Grevinde Rosenkrands bøier Konversationen.

-Spiller De endnu firhændigt med Majestæten. Det er til Grevinde Urne. Om jeg endnu ... Carl og Comtessen valsede just forbi. Hun hørte flygtigt hans bløde Fransk—

-Ja jeg spiller undertiden.

Generalinde Kragh fylder Pausen og siger: Hendes Majestæt spiller meget smukt.

-Meget smukt.

Ny Taushed. Den gamle Fru Harsdorff reiser sig med nogen Møje:

-Jeg har det imod det, siger hun, at snart enhver Plebeier spiller med Majestæten.

Ingen sagde mere, og Gruppen opløstes, Ellen havde ikke mærket det, mens hun stod og saa ud i Salen, hvor Parrene hvirvledes ud og ind. Grevinde Rosenkrands var blevet staaende fulgte Retningen af hendes Blik og sagde:

-Ja, hun er meget smuk.

Ellen blev ved at følge Carl og Comtessen med Øinene: Hvem— spurgte hun.

Grevinden besvarede ikke Spørgsmaalet. Er hun ikke Ungarerinde?—Ellen vendte Hovedet: Her er meget varmt ... Skal vi ikke gaa ind.—Ja, hun er Ungarinde—hun er meget smuk.

Parret dansede dem lige forbi, Comtessens Slæb fløi hen over Gulvet og streifede Grevinde Rosenkrands' Kjole. Hun lo og sagde: Carl danser godt—lidt intimt ... Hun nølede et Øieblik og lod Guldlorgnetten falde.

-Det vilde være et passende Parti.

Ellen lo.

-Skal vi dog ikke først lade ham være kommet ud af Skolen ... Grevinderne gled fra hinanden. Ellen gik gjennem Salen, vekslede lidt aandsfraværende Ord med den og den, førte Viften uafbrudt.

I Dagligstuen kom Greven imod hende:

-Hvor du er echaufferet, sagde han, du er anstrængt.

Hun saa i Speilet, hun havde to røde Pletter paa Kinderne: Ja, sagde hun, her er meget varmt ... Og saa anstrænger det virkelig en Smule at sé Majestæterne hos sig. Hun tog et Glas Champagne fra en af Tjenerne og skyllede Vinen ned.

Greven gik lidt. Jeg skal til Whistbordet. Og henne ved Portièren sagde han: Carl morer sig nok—har du set ham?

-Ja ... han er glad iaften.

Ellen gik videre. En Gruppe af unge Damer havde slængt sig paa Patéen i Kabinettet. De laa dovent strakte og hvidskede, Vifterne gled i løftede Arme frem og tilbage som Sommerfugle over et Blomsterbed.

Ellen fandt en Plads og slog sig ned imellem de unge. Hun trængte til at le, hun vilde være munter ... Hun gav sig til at tale efter den gamle Fru Harsdorff, saa alle lo høit; og midt i Koret hørte man hendes egen Latter over de andres, kort og rykvis—indtil hun brød op og gik videre ...

Dansen var forbi.

Parrene kom ud og skiltes. Herrerne gik langsomt, med deres *Chapeau-bas* under Armen, sløie i Knæene og med hængende Skuldre. De unge Damer fløi sammen i Krogene, kælne af Dansen, med hinanden om Livet ...

Efterhaanden tømtes Salen ... Kun et enkelt Par blev ved at gaa frem og tilbage i sagte Samtale. Naar de saa paa deres Vei tilfældigvis atter naaede til Indgangen af Drivhuset blev de staaende, og ubemærket gled de ind ... Med et lignende Sæt som Herrerne, naar de dukkede ind bag det tyrkiske Tæppe til Rygesalonen, hvor Ansigterne gemte sig bag blaa Skyer.

Orangeriets runde Hal laa hen i Mørke. Under Platanernes Kroner dukkede de matte Lamper frem som svævende Frugter imellem de høie Grene. Ned over Fenixpalmernes ribbede Arme faldt Lianers grønne Pragt rigt fra de høie Altaner. Drecener bredte deres Kæmpepigge. Store Viftepalmer skærmede i blaalig Skygge Marmorguder.

Rundt om i Mosset duftede Hyacinter og Konvaller; Violer gemte sig ved Marmorgruppernes Fod. To tunge Rosentræer fra Nizza drømte med svulmende Knopper nær ved Springvandets Rand; hvor Lamper bag rødlige Skærme kastede levende Flammer over Sirenernes Lemmer, der strakte sig op over Vandet. Og under Perleregnen, der duggede dem, laa Aakanderne stille.

Man hørte den evige Lyd af Springvandene, der rislede i Stenvægens Grotter. Nær ved Bassinet under Palmerne stod Psyche angst for at vække den slumrende Amor ...

En Gang imellem gled bag Væksternes Stammer et Silkeslæb forbi paa Sandet; forsvandt igen. En Kvindearm straktes i det rødlige Lys frem for at fange Springvandets kølige Regn ...

Ellen Urne sad med Vilsac paa en Stenbænk ved Bassinet, og mens hun vædede Spidsen af sine Silkehandsker i dets Vand, sagde hun:

-Vilsac ... hvad synes De egenlig om Livet?

-Aa, jeg ved ikke om jeg skal rose det. Hr. de Vilsac dreiede Klaphatten mellem sine Ben. Det er bedst for dem, der forstaar at tage tiltakke.

-Ja, sagde Ellen,—om man var født til at tage tiltakke.

-Født dertil ... Og han saa op fra sit Arbeide med Hatten: Tror Grevinden, der spørges?

Ellen støttede Hovedet paa sin Haand og bearbeidede nervøst Sandet med sine Hæle.

-Nei, jeg tror derfor ogsaa nok, at de eneste lykkelige—det er dem, som ikke har Evnen til at stræbe efter Lykken.

Har De lavet det selv.—En Bevægelse med Viften.—Aa ja, jeg ved det nok ... De er ogsaa af de fordrende Mennesker.

-Men ved De hvad, Vilsac,—og hun talte noget roligere—man kan fødes med de besynderligste Ønsker. Gjætter De, hvad der som Barn var mit høieste Ønske? Det var latterligt ... At komme til en Skov, saa stor og sval og der finde ved en Kilde, der rislede, en Blomst, der vilde bøie sig imod mig, og Stængelen vilde løfte mig saa høit; og saa vilde de lukke sig sammen, de hvide Blade, om mig og vugge mig saa blidt. Ja, det nytter ikke, at De le'r. For jeg tror alligevel, at det var den gamle Ide, som lod mig bygge dette Drivhus ... Og se saa,—hun lo selv—om der er saa stor en Victoria regia ... at den kan bære mig ... Nei—man maa tage tiltakke med Aakander ...

-Og Viftepalmer, Grevinde Urne, og Statuer og Violer ... Hvorfor er det nu netop en Victoria regia, De vil have? Livet gi'er os altid saadan: mange Ting, vi ikke ønsker saa meget—for en Ting, vi ønskede, og som det ikke giver.

De taug lidt. De hørte en forvirret Støi af Stemmer fra Salene blandet med Springvandets evindelige Pladsk. Og med et i en ny Tankegang, sagde Ellen:

-Kender De noget til Inderne?

-Ostinderne.

-Ja de gamle Indere. Det maa have været et mærkeligt Folk—der er saa megen Dybde i deres Sagn og Skikke. Det er dem med "Lervognen" ...

-Og Sakuntala.

-Ja ... Der var Grader i deres Templer ... det ene Rum helligere end det andet ... Men inderst inde var den "hellige" Hal—der var oftest tyst ... For derind kom kun de, som vilde "skue" Guden ... De gik derind i hvide Klæder, med Laurbærkrans om Panden, og de hellige Døre havde lukket sig om Mennesker, der var forsvundet ... Aa, Vilsac—hun vred sin Vifte—det at skue Guden ...

Der blev atter Taushed. Tankeløs fulgte Ellen med sit Blik Springvandets Straaler, der faldt som bløde Perler over Aakandebladene.

Saa sagde Vilsac:

-Alt det, Grevinde, er meget patricisk sagt.

-Patricisk, ja—Ordet er godt. Men sig mig, Vilsac, hvorfor fødes der Patriciere, naar de ikke har anden Lod end at misunde Plebeierne?

-Misunder De dem.

-Ja—jeg misunder dem.

Hun taug lidt: Eller forstaar De det ikke?

-At gøre Livet til en rolig Vane, at leve af Vane—aa, det maatte være saa besynderlig fredeligt ...

Hun strakte sit Legeme i Sædet og mens hun trykkede den knugede Haand mod sin Pande, sagde hun:

-Vilsac—det bedste var aldrig at tænke.

Hun løftede Armen, der var blottet indtil Skuldren, og dorskt faldt den ned langs hendes Side. Vilsac fulgte dens Fald.

-Eller kun fornemme—bare sløvt fornemme ...

Vilsac gættede den lyserøde Hud under Kniplingen, dvælede ved

Nakkehaarets Purr, gled langs Skuldrene ned til Halsens Udskæring.

Hun slog Øiet op paa ham.

Bare ladt fornemme ...

Hendes Stemme mattedes. Og blegere end et Lig under hendes halv slukte Blik overfaldtes Vilsac af en Gysen.

Blodets Støi forvirrede hastigt hans Øren ...
Og med ét vaagnede han, og fornam atter Springvandets Lyd og Ellens Stemme, der igen var klar, skønt den skælvede.

-Kom, Vilsac ... Giv mig Armen, min Ven—Dansen er begyndt.

Og de gik tilbage til Salene.

-Bernstorf—Bernstorf. Det er for voldsomt.

Hvirvel i hele Salen. Unge Grev Bernstorf førte op. Ellen blev skubbet og stødt. Parrene filtredes sammen, svingede ud og ind, kaadsindet jog Bernstorf med Rækkerne: Frisørens Krøller ude, Slipset, opløst.

-Nei, Grevinde, nei—lad dem more sig.

Alle Par fløi ud—hen i forvildende Fart. Bernstorf blev puffet og klemt. Alle Par—alle Par ud!

Vilsac og Ellen Urne satte sig i en Krog. Under den rivende Musik hørte man de Dansendes Jag; Latteren og de smaa Hvin, naar Kæderne brast, eller Møllerne pludselig sprang ...

Alt var en Hvirvel. Dansen suste af.

Støien gjorde Ellen rolig. Hun lod kølende Viften gaa i store Buer, mens hun talte med Vilsac om det og det.

-Alle Damer tilhøire—alle Damer tilhøire.

Ellen reiste sig for at sé paa den nye Tur, der var ikke Damer nok, og Bernstorf skreg:

-En Dame, Grevinde Urne, en Dame ... Ellers gaar Turen i Stykker ...

Bernstorf førte hende ud.

Kæderne føg sammen, jog frem og bort. Ellen fik stakaandet atter Bernstorf.

-De jager Livet af os—hører De, Bernstorf, jeg kan ikke mere ... De maa holde op. Ellen dansede meget rank næsten, som stred hun imod. Men Bernstorf blev ved; og stakaandet, betaget af sit eget Hjertes Slag, gled Ellen Urne langsomt ud i Dansens Rus. Hun talte ikke: med Hovedet noget frem, hed og med aabnede Læber laa hun tung i Grev Betnstorfs Arm.

Hendes Blik blev dugget; for Øret blot den fejrende Storm.

Da, midt i Hvirvlen, som gled, steg Carl Urne frem. Og i hastig Længsel stansede hun Bernstorf midt i Salen:

-Kom—der er Carl—lad dem spille en Vals.

Og hun forlod ham.

—Hvorfor har De glemt mig, Carl, sagde hun. Kom, lad os danse.

Hun saa det kendte Glimt over hans Ansigt, og hun smilede. Hun var bleg, og hendes Næsebor skælvede.

Kom—vi vil danse ... Det er en Vals.

Valsen var mild; den vuggede blidt. Og mens Carl lykkelig stirrede paa hendes Ansigt, nød de tause Dansens Rytme.

Ellen blev ved at smile, to Taarer glimtede frem mellem hendes Øienhaar.

Og de dansede.

-Men De er forelsket, hviskede hun. Jeg har sét det.

-Forelsket? Hvor kan De ... Deres Blikke mødtes, og han holdt inde. Skælvende hang de, Blik i Blik.

Da begyndte de at hviske, Ellen talte om hende. Ja—han var sikkert forelsket ... Man saa det; han var jo kun med hende—Det lyste jo frem paa hans Ansigt ...

De nævnte for en fremmed alle Elskovens Tegn, mens deres Hænder skælvede i hinanden. Mens Valsen gled. Og vuggende i Dansens milde Takt halvt nynnede de begge alle Ord—

—Mens Valsen gled—

Grev Urne var kommen hen til Hr. Vilsac. De talte om Begivenhederne i Frankrig.

-Men Ulykken er, sagde Greven, at hans Fortid forfølger Hr. Gambetta. Han kan ikke løbe bort fra Belleville ... Han kan derfor blive en Cæsar, aldrig en borgerlig Republiks Præsident—

-Det er sandt—

Der blev en Pause: De kender jo personligt Hr. Grévy?

-Ja—Vilsac havde sine Øine i Salen.

-Han er Præsident i Kraft af sin Uskadelighed ... og forresten, tror jeg ogsaa i Kraft af sit Retsind.

Hvor de dansede længe—og tæt, tæt mod hinanden.

—Ja, han er retsindig.

-Desuden akkurat saa lidt ærgerrig, at han med uforstyrret Sindsro kan vedblive at være Præsident i en Republik.

De var snart de sidste paa Gulvet, og de mærkede det ikke—aa, hvor uforsigtigt.

-Ja—Gambetta vil blive Republikens Præsident.

-Hr. Gamb ... Hvor Hr. Vilsac var distræt ... Hans Øine var ude i Salen ... ved et valsende Par—Aa—hans Hustru og Carl ...

Vilsac følte, Grevens Blik fulgte ham, og han vendte sig. Saa et Sekund mødtes deres Øine.

-Ja, sagde Grev Urne, og han gik tilbage i Salen, Frankrig er et vanskeligt Land at regere.

Carl og Ellen var hørt op at tale. Ansigt ind mod Ansigt, nynnede de sagte Valsens Melodi ... Saa holdt Musiken op.

Han gav hende Armen og let fortumlede som Mennesker, der vaagner, gik de smilende hen mod Vilsac.

Der skiltes de uden Ord, med et Haandtryk, der dvælede længe.

Ellen stod lidt, og da hun pludselig saa, sagde hun: Hvor Salen er tom.

Ja—Grevinde—Dansen er forbi ... Og de gik ind.

Ellen havde næsten glemt, ved hvis Arm hun gik. Men hun saa med en Gang op: Hvor De er bleg, sagde hun.

De stansede et Øieblik, og Vilsac saa hende ind i Øinene. Grevinde, sagde han, og Ordene kom kort, Grevinde Urne—De er altfor uforsigtig.

Hun tog ikke sine Øine bort, mens hun langsomt bøiede Hovedet:

-Kom, sagde hun blidt, jeg vil sige God Nat til mine Gæster.

Søvngængermæssigt gik hun ind gennem Salene, der begyndte at tømmes. Hun talte og hørte sin egen Røst, og hun vidste ikke, hvad hun havde talt. Hun smilede til saa mange Ansigter og hun mærkede Hænder i sine Hænder og Kys paa sine Kinder.

Hvor hendes Hoved var tungt—Hun gik hen til Vinduet og støttede sin Pande mod den kolde Stolpe. Hun hørte Vognene rulle bort og Tjenerne, der begyndte at rode med Servicet ved Buffetterne. Lidt efter lidt begyndte hun at lytte efter deres Samtale.

De raillerede over Gæsterne. Hun smilede ad en af deres Vittigheder.

Men med ét gik hun bort fra Vinduet.

-Han har set det, sagde hun.

Hun søgte ikke at komme derfra. Hun gik op og ned i Salen og sagde: han har set det.

Vilsac ved det.

-Ja, sagde hun, fordi han er skinsyg.

Hun lagde sig paa en Sofa i sit Boudoir, udstrakt og med Hovedet støttet i sine Hænder. Hendes Ansigt var stift som af Marmor. Hun hørte ikke Fløidørene, som blev lukket, eller saa, at Lysene slukkedes gennem Salene.

Tilsidst var alting ganske tyst.

Da vaagnede hun pludselig ved Carls Stemme, der lød høit og oprømt. Hun satte sig overende i ét Sæt med Hænderne foldede i sit Skød.

Carl kom ind, lidt usikker i Gangen, rødplettet, med Cigaret i Munden. Han havde drukket Cognac med et Par Venner paa sit Værelse ... Brillant Aften—brillant—det var at more sig.

Han satte sig overskrævs paa en Stol—og lavede Ringe af Cigaretrøgen ...

Ellen stirrede paa ham, ubevægelig, med et Ansigt af Sten.

Carl dumpede ud i en Pause, havde spurgt om noget ... Mærkede saa med ét, der var slet ikke blevet svaret og saa paa sin Stedmoder—Hvor hun var bleg ... Han blev forvirret, hakkede op med et Par smaa Sætninger, holdt inde og flyttede sig paa Stolen. Saa tog han paa igen med forpustede Ord—der svirrede som Myg —indtil han blev ganske ... hed og taug.

Jo—sagde han—God Nat ... Det har været en streng Dag ...

Hun rørte sig ikke, bevogtede ham kun med det samme Blik—til han var ude.

Da løftede hun sine Hænder og vred dem, og slappe faldt atter Armene ned langs hendes Sider, og hun sad sløv, med dødt Blik: Hovedet sank ned mod hendes Bryst.

Indtil hun atter strakte sig paa Sofaen og støttede Hovedet i sine Hænder. Hendes lange Haar faldt ud, og med pludselig Lyst følte hun dets bløde Strømme mellem sine Fingre et kort Minut.

Saadan laa hun længe. Blikket maalte stift det tomme Rum ...

Der hørtes ingen Lyd gennem Salene; kun nu og da en Dør, som aabnedes og lukkedes—et Par listende Trin af Tjeneren, som ventede. Utaalmodigt havde han løftet Portièren og stod bukkende i Døren.

Da reiste hun sig brat og statuestiv sagde hun med en Stemme,

Tjeneren ikke kendte:

-Ja—Du kan slukke. Festen er forbi.

Rank gik hun hurtigt ud gennem de halvmørke Sale.

IV.

Ellen Maag vaagnede hen mod Middag af sin tunge Slummer.

Hun reiste Hovedet og betragtede Dagen. Ja, det var sent. Saa lagde hun med et Suk atter Ansigtet ned. Hun var døvende træt. Hun vilde sove igen. Sove mer.

Eller ialfald tage fri—blot lidt endnu for det, som ... hun vidste nok.

Hun vilde gemme sig bort, og hun svøbte atter Tæpperne om sig. Men alle Tankerne kom pludselig, vaagnende paa en Gang. Og hun følte med et en tør Smerte.

Saa var det da sket.

Hun satte sig op paa Hug, og mens hun rokkede det tunge Hoved: Nei ingen Trøst, nei ingen Trøst ... Nu var det sket—slog hun de nervøse Hænder op og ned.

-Hvorfra var der Trøst—hvorfra?

-Nei—aa Gud—det var det forfærdelige, som var sket.

Og snart krympede hun sig sammen, svøbt i Tæppet, og klynkede saa sagte; og snart syntes hun, hun skulde kvæles under Smerten, og hun vred de oprakte Hænder, og Fingrene ilede fortvivlet gennem det svedige Haar.

-Hvilken Elendighed—Himmel dog—hvilken Elendighed.

Hun blev siddende opreist.

-Ja—saa maa Dagene ... blive som Sandet.

Hun lagde sig atter tilbage, og hendes Tanker begyndte at komme til Ro. Hun græd ikke mer, men laa helt stille. Hun tænkte paa, hvordan det var sket.

—Først var det hans Øine ... Hun havde altid elsket hans Øine. Hun længtes efter deres Glans, naar han blev glad—og han var saa let at glæde: blot et Kærtegn, kun den mindste Gave, blot et Smil, og han blev glad ...

Og hans Latter—hvor hun havde elsket hans Latter.

Det var vist paa Thorsholm ... Ja—en Dag i Efteraaret ... Hun stod og satte Blomster i en Skaal. Saa tog han pludselig hendes Hænder, som var vaade, og han sugede Vandet af med sin Læbe, og da hun blev vred og vilde skænde, bed han hende i den lille Finger over Neglen og lo og lo ... Men der var et lille Mærke mange Dage.

Og naar de sad efter Middag, og hun følte hans Hoved mod sit Skød—det søgte jo altid om Støtte—og han sad taus og helt stille ... og uden at hun vidste det, klappede hendes Hænder hans Haar— hvor var det ikke blødt.

Da, en Aften, var han falden i Søvn. Hans Hoved laa op mod hendes Knæ ... Saa sank det ned; og hun løftede det op, saa varsomt og lagde det helt i sit Skød. Han sov og smilede i Søvnen ... Skæret fra Kaminen lyste mod hans Nakke ... mod de fine og smaabitte Haar ... Saa havde hun bøiet sig ned, og hurtigt kyssede hun hans Nakke ... Han sov.

Saadan var det kommet.

Saa tit, han gjorde noget, ingen anden kunde finde paa, noget af det ubegribelige, som var hans Væsen, og hun sagde til ham: -Carl—det kan De ikke—det gaar ikke an.

Og han saa forundret paa hende og spurgte: Hvad—hvorfor ikke?

En Aften, der var Selskab, havde han lagt sig ved hendes Fødder, og lidt efter havde han støttet sit Hoved til hendes Skuldre. Hun blev forlegen og flyttede sig. Og bagefter, da Gæsterne var borte, havde hun skændt, og han forstod hende ikke. Har jeg støttet mig til Dem? ... Det tænkte jeg ikke over ... Men hvorfor kan man ikke det? havde han sagt ... Og hun havde tiet forvirret.

Om Aftenen, naar hun gik til Ro, faldt hun i Tanker med de tunge Fletninger i sine Hænder, foran sit Speil. Hun saa ham for sig, og hun hørte hans Spørgsmaal igen, og hun lyttede efter hans Latter ...

Og længe hørte hun efter de samme Ord, og hun saa hans Ansigt og hans Øine, og hun saa hans Læber—mens hun smilede.

Ja—hun tænkte paa ham. Og naar hun reiste sig fra Puden og støttede sig paa den hvilende Arm for at slukke sit Lys, da kom tilsidst et Smil, et Ord eller et af hans Kærtegn, og hendes Ømhed dvælede endnu derved.

Et Kærtegn.

Thi han elskede at sidde hende nær, at dvæle, mens de talte, med hendes Haand i sin, og at føle hendes Aande nær sit Haar. Den Dag paa Thorsholm ... Hun havde lagt sin Arm langs med Sofaens Ryg ... og pludselig følte hun Carl sagte gnide sin Nakke langs hendes blottede Haandled, mens hans lo op i hendes Ansigt.

Saadan var det gaaet indtil nu.

Hvor hvert Haandtryk, givet for at give, hvert et Smil skænket for at fremme hans Glæde, hvert et halvglemt Ord—havde flettet sin

Væv om hendes Liv, mens hun var sorgløs: Thi han var jo kun et Barn, hun gjorde glad.

Som et Barn var han fareløs gleden ind i hendes Liv, og hun havde følt al Giverskens Fryd, mens han fangede alle hendes Tanker. Mens hun gav og gav af sit, tog han langsomt hendes hele Liv. Nu saa hun det ... nu, hvor alle Længsler havde kastet Masken ... Ja—hun elskede ham.

Hun laa endnu længe; da hun tog Lagenet bort fra sit Ansigt og saa Solen mod Gardinerne, begyndte hun sløv at staa op. Men hun faldt atter hen, siddende paa Kanten af sin Seng, og hun tog fat paa de samme Tanker, indtil hun rev sig løs og klædte sig paa foran Speilet. Hver den mindste Ting syntes hende en Byrde.

Hun ringede paa Kammerjomfruen for at hun kunde sætte hendes Haar.

-Hvor Grevinden er bleg, sagde hun.

-Ja—jeg har ikke sovet inat. Hun blev selv forskrækket over sit Ansigt, og hun begyndte at undersøge Trækkene et efter et: Hvor hurtigt, sagde hun, og hun tog Pudderkvasten og lod den glide hen over sine Kinder. Men med et holdt hun inde; hun saa Kammerjomfruen, der flettede hendes Haar, smile bag sig i Speilet.

Og pludselig sagde hun: Om hun ved det.

Hun følte et Nu en stivnende Skræk, hendes Arm faldt ned. Saa drog hun Veiret dybt.

-Aa—jeg bliver gal, sagde hun. Det er jo umuligt. Hvordan skulde det være sket?

Hun tog atter Pudderkvasten—Sveden var sprunget frem af alle Porer—og hun talte muntert med Pigen, indtil hun var færdig og reiste sig fra Toilettebordet, hvor Flakonerne stod aabne, hulter til bulter. Hun havde febrilsk ødslet med alt deres Indhold.

-Den unge Greve har været tidlig oppe, sagde Pigen. Han red ud Klokken syv.

Ellen blev bleg ved at høre hans Navn, og hun følte, at hendes Hjerte bankede stærkt.

-Ja—saa. Red han ud ... sagde hun. Og i det samme blev hun bange paa ny ... Hvorfor var han redet ud? Saa tidligt—netop efter Ballet, saa tidligt.

—Hvorfor var han dog redet ud? Havde han—hun turde ikke tænke ud.—Gode Gud—om ogsaa han ...

Hun følte en vanvittig Skræk, mens alle Pulse bankede ... Fandt i samme Nu tusind Grunde for sin Frygt ... Han havde været saa besynderlig iaftes, de var skiltes saa brat. Hvad havde han egenlig sagt ... Og det Kys, han havde taget under Dansen ... Gode Gud— hun rev Kjolen ud af Kammerpigens Hænder—fik den paa—hun maatte se ham straks.

Da hun gik ned ad Trappen til Dagligværelserne, skælvede hun, saa hun maatte holde sig ved Rækværket. Hun standsede udenfor Døren og trykkede Haanden mod sit Bryst.
Hun turde ikke gaa ind.
Saa saa hun Carl sidde strakt i en Gyngestol: God Morgen, sagde han. Naa—De har saamænd sovet godt.

Hun var stanset bag hans Stol, angst for at sé hans Ansigt. Da han vendte sig, greb hun for sig: Saa vidste han intet. Hun satte sig, Angsten havde gjort hende svimmel: Ja, sagde hun, jeg har sovet længe.
Hun var endnu stakaandet: Og De har været ude at ride, sagde hun, saa tidligt.
-Ja—jeg vaagnede og havde alle Valsene i mit Hoved ... Saa syntes jeg, det kunde være ganske rart ... Der var deiligt paa Langelinie.
De talte om ligegyldige Ting, indtil Carls Fægtelærer kom for at give ham en Time.
Ellen satte sig hen at spille. Hun hamrede Rubinstein efter Rubinstein uden at tænke. Bare der var Støi om hende. Indtil hun var træt af Larmen under sine egne Hænder.
Saa sank hun sløv sammen, og skød alle Tanker bort. Hun tænkte dette eneste i Hovedet: Han ved det ikke. Han ved det ikke, og hun følte en tung Lykke.
Men Tankerne begyndte igen at kredse om Carl, og hun aabnede et Album for at sé hans Billede. Pludselig kom hun, til at huske det lille Maleri i den Citrontræskapsel, og hun gik ind for at søge det. Det stod paa det gamle Sted, og hun aabnede Kapselen og betragtede Billedet.
Hun huskede den første Aften, hun havde set dette Billede: hun havde siddet med det timevis i sine Hænder.
Hun tog en lille Kniv og skar Maleriet ud med sky Hast; hun saa slet ikke paa Moderens Portræt, kastede det og Kapslen ind i Ilden: Urne vil ikke lægge Mærke dertil, sagde hun. Han har glemt det.
Hun stirrede paa Kapslen, der brændte, og hun gemte Carls Billede nede paa sit Bryst. Lidt efter tog hun det ud igen, kyssede

det og gav sig til at græde.

Længe græd hun en stille Graad.

* * * * *

Dagene gik.

For Ellen et Feberliv.

Snart med Febrens tunge Blyblund som dorske Tankecirkler om den samme Ting. Snart med springske Pulses Hast som Attraa, der kvaltes under Angster.

Dag efter Dag blev hendes Tanker ført ulidelig i den samme Ring, Time efter Time slæbte hendes Angest sig tildøde i de samme Spørgsmaals endeløse Tvivlsmaal. Indtil alting blev som Dagregn over Stepper, vidsket ud og formløst graat i graat. Saa hylledes hun i sin egen Trøstesløshed. Indtil Tankerne igen brød op som et evigt Tog af vingeskudte Fugle, der forblødende forsøgte Flugt. Og altid slog paa ny de samme Spørgsmaal Kredsvagt rundt om hendes pinte Sjæl.

Saadan sad hun Time efter Time, sammensunken, i Selskab med sin sløve Kummer; og hun stirrede kun saa søvnigt paa sin egen Fortvivlelse.

Ja—dette var det urimelige. Dette var det hensigtssløst urimelige. Hun havde taget dette op i sit Liv som en uskyldig Glæde i en Tilværelse uden Maal. Hun var flygtet herhen til noget neutralt; som til det, hvor ingen Uret kunde ske. Og tusind Gange, naar hun havde glædet sig ved hans Lykke, havde hun sagt til sig selv:

-Mod dette Menneske gør du kun godt.

Og det havde været hendes store Fryd i lang Tid.

Hun vilde eie et Menneske, mod hvem hun kun gjorde vel, og ingen Skygge af Uret og ikke Gnist af Fordærv skulde komme til ham fra hende.

Og saa var det blevet denne Rædsel til Fortvivlelse.

Saa kunde det altsaa komme saaledes, og det unaturligt forfærdelige kunde fødes umærkeligt af det, vi vilde bedst. Thi det var jo kommet umærkeligt. Født af den evige Nærhed, vokset stærkt under de kælne Berøringer, modnet i Kærtegn, hvor Driften laa halvvaagen.

Og hun spurgte sig igen og igen, naar det dog var sket, og hendes Tanker, der søgte, fandt ingen Skillerum, og hun vidste ikke, naar hendes Venskab var blevet til Forbrydelse.

San vaagnede hendes Fortvivlelse paany, og snart blev den Trods, der ryddede alle Mure og spurgte om, hvad der var Lov, snart smøg den sig saa myg i angerrig Forsagelse.

Og intet Sted; ikke den Krog, ikke den eneste Plet, aldrig det mindste Rum, hvorhen hendes Vei kunde gaa: han var der, han var jo overalt. Hvert et Minde bar med Angst hans Ansigt, hver Erindring talte skræmmet med hans Røst. Nu var hun hjemløs i sit eget Liv.

De maatte skilles.men hun syntes, at Livet maatte standse sin Gang i Skilsmissens Elendighed.

Da tog hun hans Billede frem fra sit Bryst, og hun betragtede ham længe. Og hun sagde paany:

Nei—han skal aldrig erfare det.

Og hun kyssede hans Øine, som hun elskede, og hun pønsede paa Veie til de tusinde Brud. Men hun fandt ingen, og hun vidste ingen Raad, og mens alle de gamle Tanker kom i uendeligt Tog, sagde hun hjælpeløs:
-Man naar saa ogsaa han—
Og hun indbildte sig selv, at hun frygtede det, som hun længtes mod af al sin Sjæl.

Mod Carl var hun foranderlig og uens.

Hun var ofte sørgmodig. Naar de sad sammen, faldt hun hen i lange Drømmerier, og hendes Øine fyldtes med Taarer.

-Er De bedrøvet? spurgte Carl.
-Ja—lidt, hun forsøgte at smile.
-Hvorfor vil De ikke sige mig hvorfor.
-Nei, min Ven, det kan jeg ikke sige Dem.

Og hun løsnede blidt sin Haand af hans, thi hun led ved hans Kærtegn. Hun led under dem og hun veiede dem med bitter Nyfigenhed. Naar han tit, mens hun spillede for ham, trykkede Kys efter Kys, som brændte hendes Blod, paa hans Hænder, sagde hun til sig selv:

-Det er en Mønt, hvis Værd han ikke kender.

Naar han som før hvilede sit Hoved mod hendes Skuldre, sagde hun:
-Det er kun en Drift, hvis Indhold han ikke forstaar.
Og hun led og længtes dog efter denne ømme Tomhed.

Men en Tanke pinte hende Nat og Dag: Der vil dog komme en Tid, hvor han forstaar alt, hvad han har givet mig—den Dag, da han giver alt det samme til den, som han elsker.

Og da vil han hade mig.

Og altid jog det hende lige rastløst, og Nat efter Nat kastede hun sig søvnløs, angstfuld under samme Tankes Pinsel.

-Men han vil ikke huske det, sagde hun. Han vil have glemt det.

Og Tanken om Glemsel voldte hende mer stingende Smerte end selv hans Had.

Eller hun sagde til sig selv:

-Det er ikke denne ømhed, han vil give hende.

Og hun vidste, at hun løi, og hun frydede sig derover.

Men hun led Dag for Dag, og hendes Liv blev tomt og ørkesløst og bart, altid i den samme Kredsgang.

Hun blev mager, hendes Øine mistede deres Glans, Lægen ængstedes:

-Grevinden maa være syg, sagde han.

-Nej, Doktor, svarede hun, jeg lider kun af Søvnløshed. Giv mig noget at sove paa, Doktor. Og Lægen gav hende Kloral, som ikke skænkede hende nogen Søvn.

Da sad hun en Aften efter Jul alene med Carl i Drivhuset. Hun havde længe været taus, og ogsaa Carl havde hørt op at tale.

Hun lagde begge Armene op paa Marmorbordet, hvorved de sad, og sagde:

-Carl—vilde De blive bedrøvet om vi skulde skilles.

-Skilles? Hvorfor spørger De om det?

-Hvis jeg nu reiste bort.

Carl spurgte ikke, han saa forundret paa hende uden at forstaa. Og mens hun støttede Hovedet i sine Hænder, sagde hun langsomt:

-Jeg vilde ikke være lykkelig. Aa—nei—Dagene vilde blot komme og gaa, gaa og komme—

Hun taug og sad ubevægelig.

-Og jeg da? sagde Carl sagte.

Hun saa paa ham: De vilde leve med de andre. Hendes Stemme var mild og lav. Lidt efter sagde hun:

-Ja ... det var det bedste.

Han talte ikke mer. Men som et Væld sprang Taarerne hede ned fra hans

Øine, mens de begge sad i tung Taushed. Og Ellen følte en forbitret Harme mod disse Taarer, som var hans Uforstaaenheds eneste

Svar.

Men hun blev og reiste ikke, og der blev aldrig siden talt derom imellem dem.

Et Par Aftener efter kom Vilsac. Han havde ikke været der længe. Greven og Carl var i Herreselskab, Ellen var alene og sad i sit Boudoir.

-Jeg kommer for at sige Farvel, sagde Vilsac.

-Tager De Ferie nu—midt i Vinteren? Hvor det er længe siden, man har set Dem—

-Nei—jeg er blevet forflyttet.

-Forflyttet—Men De har jo slet ikke søgt.

-Jo—Fru Grevinde—men ikke talt derom.

-Men—hvor skal De da hen?

-Til München.

Ellen lagde sig atter tilbage: Jeg troede De holdt mer af København, sagde hun.

-Ja—jeg har holdt meget af København.

Der blev en Pause. De var begge generte. Og for at sige noget sagde Ellen:

-Men München skal være en behagelig By. Overhofmarchalen giver to Gange om Aaret et Bal paa Kongens Vegne.

-Ja, hvor Legationerne har Ordres til ikke at være tilstede. Nei— det er egenlig ikke for Selskabelighedens Skyld, jeg gaar til München.

-Naar skal De forlade os?

-Jeg reiser om to Dage tit Paris.

-Og kommer ikke mer tilbage?

-Næppe.

Vilsac saa mod Gulvet. Deres Mand faar jeg maaske ikke en Gang at sé. Jeg hørte, han skulde være paa Urnesgave.

-Nei—han er i Byen. Ellen legede nogle Øieblikke med et Baand paa sin Kjole. Saa saa hun op:

-Nei—Vilsac—vi kan ikke skilles saaledes. Vi maa tale med hinanden.

Hun reiste sig, og hun talte lænet over Sofaen: Jeg vil savne Dem meget, Vilsac, sagde hun.

Vilsac rystede paa Hovedet.

-Jo—jeg vil savne Dem og mer end De tror.

-Hvis De faar Tid dertil—

-Jeg har ogsaa meget at takke Dem for, min Ven, sagde Ellen. Jeg véd godt—at jeg har været Dem meget dyrebar, Vilsac, og De har dog tilladt os at være Venner. Det gør meget faa.

-Hvorfor skal vi tale derom?

-Fordi jeg ønsker det, Vilsac, og fordi jeg vil takke Dem. Jeg véd godt, hvad De føler for mig, og saa stor har Deres Respekt været, saa stor Deres Hengivenhed, at vi har kunnet sidde her ved Siden af hinanden, vi to, Aften efter Aften, mange Timer, jeg ikke skal glemme, uden at De nogensinde ved saa meget som et Blik, ved en Skælven af Deres Haand til Farvel har bedt mig om mer end jeg kunde give Dem, sagt mig, hvad jeg ikke turde høre—det faar jeg vel Lov at takke Dem for—

Hun gik et Par Skridt frem og rakte ham Haanden. Vilsac kyssede den uden at tale.

Han gik nogle Skridt og lænede sig til Flygelet. Saa faar jeg Dem ikke en Gang oftere at høre spille, sagde han.

-Skal jeg spille for Dem nu? sagde hun. En af Deres Sange.

-Hvis De vilde—

-Ellen satte sig. Hun slog an og spillede en af Chopins polske Sange. Al hendes Vemod løste sig op i Tonerne. Hun betragtede Vilsac, hans Ansigt laa i Lys af Lampen: hvor han var dødbleg. Og mens hun gentog den tungsindige Sang, tænkte hun:

-Hvorfor har jeg ikke kunnet elske denne Mand.

Hun holdt inde og foldede Hænderne over Tasterne. Og da de havde siddet nogen Tid tause, sagde Vilsac:

-Og De—De bliver her?

Ellen sænkede Hovedet: Vilsac, hvor skulde jeg vel reise hen?

Vilsac svarede ikke, og i nogle Øieblikke hørte de begge Urets Dikken.

-Husker De, Vilsac—sagde hun sagte—at vi en Gang talte om at møde det urimelige i Livet?

-Ja—De ønskede det—Ellen hørte ham ikke. Hun var meget bleg og kunde næppe tale. Nei—Vilsac, sagde hun og vendte sig, der er ingen Løsning paa dette. Lev vel.

Hun støttede sig til Sofaen og gled langsomt ned paa Sædet, Armene laa i hendes Skød. Og hurtigt, uden Ord, i fortvivlet Smerte, greb Vilsac hendes Hænder og kyssede dem Gang paa

Gang.

Saa gik han.

Lidt efter kom Greven hjem.

Hun hørte hans Fodtrin gennem Værelserne og for op, hen til Flygelet. Hun holdt af at være beskæftiget, naar hun var sammen med sin Mand. Hun var altid forberedt paa at være opdaget, og hun stillede sin Beskæftigelse op som et Værn. Hun valgte de mørkeste Pladser i Stuen, og hun havde visse Stole, hvor hun vidste, man ikke kunde sé hendes Ansigt. Der flygtede hun hen.

Naar han da kom ind, beherskedes hun af en stakaandet Generthed, der speidede efter "Opdagelsen", i hvert Blik. Hun var tit støiende, en underlig forlegen Ord-Rigdom, hvor altid samme Tanke lammede alle Sætninger:

-Om han véd det—hvis han pludselig sagde: Jeg véd det godt.

Og hun drog først Veiret, naar han var gaaet.

Men der var ogsaa Tider, hvor hun blev besynderlig tungsindig-øm. Hvor hun saa paa ham med et fugtigt og hjælpeløst Blik, som hos et Barn, der lider stumt. Og hun førte lange, sentimentale Samtaler, han ikke forstod, og hun rakte ham sin Pande frem til Kys og sagde:

-Urne—Urne, dog ...

Og han følte hendes forskræmte Hjerteslag, mens hun lænede sig op til ham.

—Nu slog hun Skærmen dybere for Lampen og spillede en Vals.

-God Aften, min Ven. Hun holdt af at have det første Ord ... Var det morsomt?

-Aa—saa som saa.—Hun speidede efter hans Ansigt, mens han satte sig nær ved Flygelet:

-Nei—intet: og hun hørte op at spille. Greven slog Benene over hinanden og strakte sig let i Stolen.

-Nei—han var uskadelig.

Hun skiftede Plads, satte sig hen i den lille Sofa og spurgte, hvem der var af Gæster.

Greven fortalte. De talte om forskellige Ting.

-Er Carl kommen hjem, spurgte saa Greven.

-Jeg tror ikke—

-Hør—han skiftede Plads—hvad Carl dog er for en underlig Patron ...

Ellen lo: Hvormed, sagde hun og rettede paa Puden i sin Ryg.

-Aa—jeg mener, dette evige Hjemmestikkeri—oprigtig talt—der er ... ja ... I Damer—han søgte lidt efter Ordene under Ellens Blik,

der saa lige paa ham—forstaar Jer ikke paa Sligt ... men forstaar
Du, der er noget—usundt ved ham ...

Han taug, og Ellen berørte Pandehaaret med Lommetørklædet.

-Jeg tror, han hænger for meget her hjemme—at han ... forstaar
Du—Greven lo lidt forlegent kort—det er ikke naturligt i hans
Alder ...

-Ja, sagde Ellen, han er besynderlig.

Og Greven kom nærmere: Han viser jo Dig større Fortrolighed—
jeg kender ham egenlig saa lidt ... Du véd maaske noget mere om
hans Liv ...

Ellen førte de klamme Hænder sammen i sit Skød; og da hun ikke
talte, sagde hendes Mand, der følte sig utilpas og vilde en Ende paa
Sagen:

-Begriber Du—jeg vilde næsten ønske, han havde et
Fruentimmer ...

Han vendte sig. Ellen fandt intet at svare, og der blev en Pause.
Greven gik til Flygelet: Tingen er naturligvis, at jeg har kendt altfor
lidt til ham.

Og han gav sig til at tale om andre Ting.

Da han var gaaet, reiste Ellen sig. Hun begyndte at gaa frem og
tilbage, aabnede Dørene og flakkede gennem Stuerne. Hun rørte
ved alting, slap det igen og gik videre.

Hun gik til og fra, betragtede et Maleri.

-Det hænger skævt, sagde hun, gik frem for det.

-Ja—det hænger skævt.

Hun fandt en Flakon Sherry: Det var hendes

Mand, som havde drukket. Hun hældte lidt op. Drak det og gik
igen.

Hun flakkede paany, flyttede, pillede, vendte tilbage til
Spisestuen.

Der tog hun et Ølglas ud, fyldte det og drak Vinen. Hun saa ikke
paa det tomme Glas, men skyllede det og satte det ind igen. Hun
skjulte Flasken, der var tom.

Saa gik hun til Ro ved egen Hjælp og sov.

Den næste Formiddag, da de sad sammen i Dagligstuen, spurgte
Carl:

-Hvad bestilte De igaar?

-Er De nysgerrig? Jeg havde det meget rart.

-Ja saa.

-Vilsac var her.

Hurtigt: Hr. Vilsac—naar kom han?

-Aa—vel Klokken syv ... Han kom forresten for at sige Farvel. Han reiser.

-Saa ... han taug lidt: Var han her længe? spurgte han saa med ét.

-Hvem, kære Carl.

-Vilsac naturligvis. Hvem ellers?

-Et Par Timer, tror jeg ...

-Naa—ja ... han sværmer jo for Dem. Det siger jo alle.

Ellen sad og smilede: Carl—De er dog latterlig skinsyg, sagde hun. Naar jeg nu siger Dem, at Vilsac skal reise ... Han reiser allerede i Morgen Aften ... saa var det dog rimeligt, jeg sagde ham ordentlig Farvel.

Carl sagde ikke mer. Men om Aftenen spurgte han pludselig:

-Tager De ud og siger Farvel til Vilsac?

-Det havde jeg tænkt.

-Naa—ja, det kunde jeg begribe.

Han sagde ikke mer. Ellen lagde sin Bog bort: Carl, sagde hun. Kom hen til mig.

Carl stod op: Hvad skal jeg.

-Sæt Dem her.

Ellen blev ved at smile: Hvorfor er De nu vred paa Vilsac? spurgte hun.

-Jeg er aldeles ikke vred.

Han satte sig, og hun strøg sin Haand over hans Haar. Og meget mildt sagde hun: Nei—Carl—De skal ikke være bange.

-Bange? Kan De ikke forstaa det? Han bøiede Hovedet. Det er, fordi jeg synes, jeg ikke er god nok.

God nok—til hvad?

Hans Stemme skælvede: Til at De skal holde saa meget af mig.

De taug begge ... han lagde sin Haand paa hendes ... Og afbrudt sagde hun:

-Carl—De véd jo ... Og Blik i Blik sad de atter tause.

Hun følte hans Haand brændte, og svimmel fornam hun, hans Aande var hastig som hendes.

Saa slap hun hans Haand.

Han lagde sig ned paa Knæ, og de blev ved at sé paa hinanden. Langsomt strøg hun hans Haar.

-Carl, sagde hun—De er saa god ... Men en Egenskab kender De ikke.

-Hvilken?

-Aa nei—og hun skød ham bort med sin Haand—det vil jeg ikke

sige Dem ...

-Hvorfor taler De saa tit i Gaader? Det gør jeg aldrig ...
-Nei, Carl—og hun reiste sig—De er Gaaden selv.
Den næste Aften var de paa Bal.
De dansede sammen. Han var stakaandet, hed: de rugede Blik i
Blik.
Musiken holdt op: Hvor vi har danset, sagde han.
Hun betragtede ham: hans Blik var muntert. Og hæst sagde hun, i
det hun slap ham:
-Nei, Carl, De har intet Mod.
Og atter kom de lange Dage med triste Tankers Snefog over
Sjælen. Og hendes Liv var en Flugt fra det, hvorom hun evindelig
kredsede, en evig Spørgen om det, hvori hun ræddedes for begge
Svar.
Saaledes levede hun.
Greven spøgte med, at hun ved Bordet drak mest af de tre. Thi
Vinens milde Døs glattede alle Tanker ud i blød Bevidstløshed. Saa
gik Skumringen, og hun laa hen paa en Chaiselongue, og følte i
Halvblund sine Tanker tiltaages, mens hendes Hoved blev tungt og
værkede svagt. Og hun nød sin egen Omtaagelse. Alt som Aftenen
gik, sagde hun til sig selv—thi Likørflasken var bragt ind med
Kaffen:
-Jeg vil ikke drikke mer.
Og hun kunde skifte Plads og flytte bort fra Flasken der fristede
hende, og hun vidste allerede at hun kæmpede. Men lige efter
nippede hun igen, sky og ilsomt. Og naar det blev Sengetid, og hun
frygtede den forfærdelige Nat, opsøgte hun som en Tyv en Flaske
Vin fra Buffeten, slugte den og gik tilsengs. Hun følte Vinen
bemægtige sig hele hendes Legeme og hun fornam med et sløvt
Smil, at hendes Sanser tungt gled ud, og hun kæmpede halsstarrig
for at holde en dum Tanke fast i Svimmelheden, indtil hendes
Lemmer blev som Bly, og hun sov ind.
Hun bestemte om Morgenen, at hun vilde ikke smage Vin den
Dag, og naar Middagen kom, blev hendes Forsæt sløvt og hun gik
paa Akkord om det eneste Glas, og hun drak febrilsk og med den
onde Samvittigheds Hast. Indtil Ophidselsen kom, og hun drak
mer, og Sløvheden fulgte efter med bevidstløs Afmægtighed.
Og hun tumlede allerede i alle Drankerens Forsætter og
evindelige Fald, og hun begyndte at stjæle sig til at drikke, og hun
elskede Ensomheden.

Hun drak ikke mer ved Bordet. Man kunde tro, hun havde Afsky for Vinen; hun nød kun lidt Bordeaux, blandet med Vand. Og hun holdt af at tale med Afsky om Drik, og en Dag, da hun paa en Køretur med Carl havde sét en døddrukken Mand ligge paa Veikanten, blev hun syg af Væmmelse.

Om Middagen, da Carl og hun var alene hjemme, lod hun Vinflaskerne tage bort:

-Jeg kan ikke taale at sé dem, sagde hun.

Jeg taaler ikke Vinlugt idag. Og de drak begge Vand.

Saa drak hun ikke i to Dage. Indtil hun tredie Aften pludselig stod op af sin Seng, listede sig ind i Spisestuen, tømte en Flakon Cognac, gik tilbage og sov som et Dyr.

Hun begyndte paa sine Køreture at søge Konditorierne, og hun drak et Par Glas Portvin hvert Sted til Kagerne, Saa kom hun hjem helt døsig, slæbte sig ind i sit Boudoir og slængte sig hen med løste Klæder. Hun laa halve Dage og drev paa sin Sofa næsten upaaklædt, og hun blev halvveis sjudsket med sig selv, næsten urenlig. Men sine Hænder pudrede hun stærkt, fordi de ofte var klamme.

Men der kom Dage, hvor Fortvivlelsen brød ud til haabløs Elendighed paany, og hun forbandede sin Svaghed, og hun skældte sin Last. Og hun var altid sammen med Carl. og hun turde ikke være ene og klamrede sig til hans Nærhed.

Der var en sorgfuld Vemod over alt hendes Væsen imod ham.

Hun søgte at gøre sig ældre, hun ønskede, han skulde forelske sig.

-Hvorfor sværmer De ikke for nogen? sagde hun. Det er sundt. Det gi'er Ens Tanker noget at bestille. De maa se at blive forelsket.

-Jeg ved ikke, hvad det er—jeg har aldrig prøvet det ...

-Men én Gang maa da det komme, sagde hun. Forsøg det—der er unge Piger nok.

Hun bragte ham sammen med de unge Piger i deres Kreds, hun arrangerede smaa Fester, hvor de unge kunde mødes.

Og naar saa paa Ballerne Carl svang sig lystigt, fulgte hendes Blik, som hun sad blandt de ældre, febrilsk hans Vei, og hun led alle Skinsygens Kvaler. Indtil hun pludselig ikke beherskede sig mer og rev ham bort fra den Munterhed, hun havde skabt, og atter tog den Magt, som hun besad.

Men der kunde ogsaa være lange Aftener, hvor hun led stille, og hun følte sig glemt, mens han tumlede blandt de unge. Og naar de kom i Vognen, fortalte han om den og den, om det Kys, han havde røvet, og en Haand, han havde trykket under Bordet—thi han fortalte hende alt—saa hun i Vognens Mørke, bleg, bed sin Læbe til Blods i skinsyg Fortvivlelse.

Naar hun da kom hjem, berusede hun sig liggende i sin Seng.

Hun gemte Flaskerne i det store Skab mellem sine Kjoler. De tomme Bouteiller skjulte hun i Drivhuset.

Hun blev raa i sin Last, hun drak helst af Flaskerne.

En Dag til Frokosten var Carl lige kommen hjem fra en Køretur. Han frøs, saa hans Fingre var døde.

-Drik en Snaps, Carl, sagde Greven, det varmer.

-Ja—det var ikke saa galt—for jeg fryser ... og han reiste sig for at ringe.

Ellen var blevet ganske bleg: Men—Carl—sagde hun—De forstaar da nok, det er Deres Faders Spøg.

Greven lo: Bedste Ellen, sagde han, tror Du ikke det store Menneske kan taale en Snaps—

Ellen gjorde en Bevægelse op til Halsen: Ja, sagde hun, det var ikke det ... men Greven bragte en Flaske Akvavit, Ellen sad bleg og saa paa ham; da Carl førte Glasset op til Munden, sagde hun stakaandet: Aa—nei —Carl, drik det ikke.

Greven og Carl lo himmelhøit, og Greven drak selv et Glas. Lugt, sagde Carl og holdt sit Glas hen mod Ellens Næse. Det er sundt.

-Carl—hun skreg det—lad være.

Hun kom til at ryste som i Krampe. Ja—sagde hun. Jeg har aldrig kunnet taale den Lugt.

Greven blev ængstelig, kærtegnede hende og sagde: Du er utrolig nervøs, min Ven. Jeg ved virkelig ikke, hvad det skal blive til.

Saa blev Ellen roligere, hun tvang sig til at smile: Ja, sagde hun. Hvorfor skal man ogsaa lade Børn drikke Brændevin? Og de talte om andre Ting.

Men Lugten fra Glasset forfulgte hende, hun kunde ikke blive den kvit.

Den forfulgte hende i Dage.

Den vakte alle Minder om hendes Fader, om de forfærdelige Køreture, når hun ventede i Vognen udenfor Kroerne. Og hun huskede de ensomme Aftener, naar hun sad oppe og biede, og hun følte en lamslaaet Skræk for hvert Minde.

Hun vidste ikke, hvorhen hun skulde flygte for Synerne, og hun følte en ubeskrivelig Afsky. Og bestandig stirrede hun de samme Minder ind i Ansigtet, indtil hun næsten blev vanvittig. Hun vilde aldrig være ene. Hun kørte ud, tog i Visitter, gik i Theatret, var sammen med Carl. Og var der ingen, og Carl var ude, pludrede hun med Kammerpigen eller førte lange Konversationer med Tjeneren. Hun var aldrig beskæftiget, hun talte kun. Altid. Vidtløftigt om de ligegyldigste Ting, blot hendes Mund aldrig stod. Hendes Tungefærdighed overdøvede hendes Tanker.

Der var ogsaa Dage, hvor hun tilbragte Time efter Time ved Flygelet. Hun fantaserede, Tonerne kom, hun vidste ikke hvorfra. Men de beroligede, og hun følte Lykke ved at spille sin egen Fortvivlelse.

Naar da Carl kom ind, holdt hun ofte op; og hun gav sig til at tale. Minder fra hendes Reiser, alt hvad hun havde levet og sét, flokkedes hos hende; og bøiet frem med Hænderne hvilende paa Flygelet talte hun i brændende og ekstatiske Ord, hvor de tusinde Billeder kom.

Og selv fornam hun Talens hede Pragt som en Tropenat med Stjerners Skær.

I saadanne Timer vidste hun, han elskede hende.

Og hun gjorde sit Væsen tifold mer duftsvangert hedt, og hun læste sin Magt i hans Blik, og selv laa hun under for sin egen Tales Fortrydelse.

De kunde sidde saadan mange Timer, og hun talte, og—bandt ham saa tæt, saa tæt.

Det blev ofte langt ud paa Natten, inden de skiltes.

En Nat kom Greven hjem ud paa Morgenen og traf dem endnu i Dagligstuen. Lampen var gaaet ud, og de havde tændt et Lys paa Flygelet, saa der var halvmørkt.

Greven blev staaende i Døren: Er I oppe endnu? sagde han.

Ellen foer sammen: Er det Dig, sagde hun ... Ja—vi sad her og talte sammen ...

... Det er vist blevet sent.

Carl var generet, sagde hurtig "Godnat" og gik. De to blev ene tilbage. Greven tændte det andet Lys paa Flygelet og gik taus op og ned. Ellen følte den pinefulde Uhygge, tog en Stage og vilde gaa:

-God Nat, min Ven. Det er blevet saa silde.

Hun gik henimod Døren, og henne fra Mørket betragtede hun atter sin Mand. Han kom forbi Flygelet, og hun saa i Lyset, han var bleg.

Hun følte en feig Angst og turde ikke gaa. Hun blev ved Døren, spurgte ham om en ligegyldig Ting.

Men uden at svare sagde Greven: Tror Du ogsaa, det er værdt, Carl og Du sidder saa længe oppe? Han saa henimod Mørket, hvor hun stod.

-Man skal være forsigtig med en Natur som hans.

Ellen fik Mod til at lé: Du mener—Greven talte ikke mer. Der blev en Taushed, hvor Ellen hørte sit Hjertes Slag. Saa vendte hendes Mand sig.

-Godnat, sagde han. Og—han frøs—saa er her ovenikjøbet hundekoldt, saa man bliver forkølet af at sidde her, og kan faa en Svindsot paa Halsen—

Nogle Dage saa Ellen neppe Carl: Hun tilbragte Dagene ude, Aftnerne i Theatret. Indtil Erindringerne om Faderen kom igen og hun pintes paany.

Tilsidst stod hun op en Nat, aabnede Tjenernes Buffet med en falsk Nøgle og drak i et Drag den Brændevin, hun fandt.

Siden forsvandt Flaske efter Flaske fra Tjenernes Skab.

Husbestyrerinden var inde til Maanedsregnskabet. Ellen hørte træt til, og hendes Øine havde ikke fanget et eneste Tal af Regnskabsbogen, som laa i hendes Skød.

Hun gjorde et Par Spørgsmaal hen i Veiret, hørte ikke efter Svarene og rakte slapt Regnskabsbogen tilbage til Jomfruen, der ventede.

-Det er godt, sagde hun. Tag den bare.

Han støttede Hovedet i sin ene Haand, og hendes Tanker var langt borte. Pludselig mærkede hun, at "Jomfruen" var der endnu: Er der mere, spurgte hun.

-Ja—Deres Naade—der var en Ting, jeg gerne vilde sige Deres Naade.

Ellen lod atter Haanden falde ned: Og det er, spurgte hun.

-Det gør mig ondt—meget ondt ... men der maa være en Tyv her i Huset.

-En Tyv, Jomfru Svendsen? Ellen saa op: Hvad skulde han stjæle?

-Der er i den sidste Maaned blevet stjaalet baade Vin og Brændevin—og det maa være En i Huset ...

Ellen havde lænet Hovedet tilbage. Hendes Øine skød hastigt to

Lyn op mod Jomfru Svendsen.

-Og hvem har De mistænkt?

-Det ved jeg ikke, sagde hun. Men vi kunde lægge Vagt i Buffetværelset—det er bestemt om Natten, der bliver stjaalet.

Grevinden var distræt og stirrede frem for sig: Ja—sagde hun— De kan jo lægge Vagt derned.

Og lidt efter. Gør som De vil.

Jomfru Svendsen gik.

V.

Ellens Pande blev pint som en stukken Naalepude, hun følte tusind Knappenaalsstik i hver Fingerspids. Konferensraadens Morfin dulmede; hans Ammanuensis gav Grevinden Indsprøitning tre Gange om Dagen.

Hun befandt sig vel, alle Tanker gik paa blød Filt, hver Gang han havde gydt Vædsken ind under hendes Hud. Langsomt bredte lykkelig Smerteløshed sig gennem hendes Legeme med en lun Varme.

Hun følte alt som Hænders Strøg over Atlask, og hver Tyngde gled bort, som blev hun baaren.

Saadan laa hun salig; indtil alle Tanker svømmede kælne sammen, og hun faldt i Søvn.

I Søvne saa hun altid Oceanet: strakt i doven Vuggen under Middagssolen bar det gudeskønne, kaade Drenge. Hun nød deres Leg. Indtil ogsaa Drømmene blev svøbte som i mange Lag af Musseliner ... og svandt ud i uvis Salighed.

Naar hun vaagnede, følte hun et let Tryk over Panden. Og hun blev liggende slap og halvsovende og gad ikke reise sig fra Stedet, hvor hun laa. Tit faldt hun i Søvn igen, indtil Fingerspidsernes Pine vækkede hende.

Da vaagnede hun til alle Smerterne, og hendes Legemes Raseri mod Lidelserne brændte hende mer end tre Dages Faste vilde gjort. Morfinhungeren greb hende. Og hun lod gaa Bud paa Bud om Lægen, og hun bad og bad, og hun tiggede:

-Bare en Indsprøitning nu.

-Bare en Indsprøitning til—aa, for det var saa forfærdeligt.

Og atter dulmede det lunt, og det gamle Velbehag lagde sig om hende.

Men som oftest gav Ellen sig ikke hen til Rusen. Hun blev oppe. Hun nød den pludselige Kraft og Klarheden i sine Tanker. Hun saa roligt paa alt.

Den stærke Følsomhed forsvandt af hendes Væsen.

Hendes Følelse for Carl var en Ulykke, men Ulykken maatte bæres. Der var mange ulykkelige; men de tog Byrden op og gik videre. Hun maatte gøre som de andre, og hun vilde gaa rank under Byrden. Undertiden syntes hun saa næsten, den var let. Thi det gav en egen Styrke at have forsaget.

Kærligheden var ikke det eneste. Naar man havde tabt det bedste, maatte man leve videre med alt det andet. Hun vilde beskæftige sig, opfylde sine Pligter. Hun følte vel Spænstighed i sig til at magte dem.

Saa længe Morfinen virkede.

Men med ét blev hun slap og sank sammen. En blytung Træthed overvældede hende, saa hun ikke længer bar sit eget Hoved, men slattet faldt det ned mod hendes Bryst, og hendes Hænder rystede, og hun følte ikke Kraft til at løfte de matte Haandled.

Alle Tanker gled fra hende, og hun følte den druknendes Angst. Hendes Væsen snøredes sammen under en kvalfuld Urolighed.

Undertiden kom Slapheden, mens hun sad foran sit Speil og klædte sig paa for at tage ud. Lægen skulde give hende Indsprøitningen, lige som hun skulde i Vognen.

Hun blev graableg, og den kolde Sved sprang frem paa hendes Pande. Øinene slukkedes som to Lamper og mistede deres Glans. Hun søgte ikke at bekæmpe sig: hun begravede de rystende Hænder i sit udslagne Haar og stirrede i Speilet.

Tindingerne var begyndt at falde ind, og Øinene laa sløvt i altfor dybe Huler. Hun genkendte ikke sin egen Mund, hvis Vige sitrede.

Hun tog Hænderne løs fra sit Haar, og hun betragtede sine Arme. Aarerne svulmede blaat under den tørrede Hud, hvor Injektionsmærkerne smertede: det var hendes Arm.

Hun betragtede sin Hals, der var gul og furet af Rynker, hun lagde sin knyttede Haand i Fordybningen ved Nøglebenene.

Og al hendes Elendighed syntes hende levendegjort i hendes Legemes Fornedrelse.

Da gav hun sig til at kæmpe fortvivlet med sit eget Ansigt. Og hun pinte sine svulne Øienlaag med Tusch og plagede sine Kinder med Sminke. Hun sved de døsige Pupiller med Bella donna og lavede Smil om sin strammede Mund.

Eller der var Dage, hvor hun nød sin Ruin. Hvor hun med grusom Bitterhed gradede sin Ulykke i sin Hæslighed, maalte den saa haarfint ud i hvert et Tab af den Skønhed, hun elskede.

Men naar saa Lægen kom, og hun havde modtaget Morfinen, sprang hendes Stemning om. Hun blev grebet af Overmod, den pludselige Gjenbesiddelse af sig selv berusede hende. Hun vendte tilbage til sit Speil, og hun betragtede atter sig selv ...

Ja—hun var endnu smuk. Og hun tog Plads med Smil og sad længe.

Og aldrig havde hun saa overmodig nydt Mændenes Beundring, naar deres Øine hængte sig ved hende.

Saaledes gik tre Maaneder.

En Dag, da Ellen ventede paa Lægen, kom Urne ind.

Han begyndte at tale, spurgte om et og andet. Ellen var træt, havde ondt ved at fatte hans Spørgsmaal og faa dem besvaret.

Greven mærkede, hun var aandsfraværende og saa paa hende. Han blev forskrækket for hendes Ansigt, der var slapt og blegt med døde Øine.

-Har Du stærke Smerter, spurgte han ængstelig.

-Smerter?—Aa nei ... Men jeg venter paa min Indsprøitning.

Lidt efter kom Lægen.

Grev Urne tænkte hele Natten paa den besynderlige Tilstand, hvori han havde truffet Ellen, og den næste Formiddag gik han op til Konferentsraaden.

-Nei—er det Dem—Konferentsraaden reiste sig. Og Deres Ekscellense kommer til mig istedetfor at sende Bud.

Han rullede en Stol frem. Der er dog intet paafærde—intet slemt.

-Ikke noget specielt. Greven satte sig, med Stokken mellem sine Knæ ...

Men jeg ønskede nok at tale med Dem—at spørge Dem ... Det er min Hustru ...

-Ja—Grevinden er jo meget nerves ...

-Ja—meget nervøs. Greven holdt inde, flyttede Stokken ... De har givet hende en Del Morfin, sagde han.

-Ja—temporært—mod heftige neuralgiske Smerter. Indsprøitningen har bekommet Grevinden meget vel.

Der blev en ny Pause, inden Urne løftede Øinene fra Gulvet: Men var det dog ikke paa Tide at holde op? sagde han.

-Hvis De mener det, sagde Konferentsraaden. Jeg selv er ingen

Ven af Indsprøjtninger. løvrigt tror jeg paa ingen Maade, at Grevindens Tilstand giver Anledning til at nære Ængstelse ... Hun er meget nervøs ... ganske vist ... men—

-Hun er mer end nervøs, Konferentsraad ... Hun er abnorm, og hun ængster mig ...

-Abnorm? ... Grevinden har altid været af et eksalteret Temperament. Jeg har aldrig fundet nogen, hvor det moralske og det fysiske hænger saa nøie sammen, som hos hende ... Enhver moralsk Lidelse viser sig hos Grevinden strax som en fysisk Smerte—og naar saa noget støder til ... Kunde det ikke tænkes, at —Grevinden i den sidste Tid sjælelig havde lidt under et eller andet?

Greven svarede ikke straks. Nei, sagde han, jeg kan ikke tænke mig noget.

Der blev paany en Stilhed, som Konferentsraaden afbrød: Morfinen vil jeg naturligvis standse, sagde han. Ved en skaansom Afvænning ...

Greven knappede sin Frakke: Ja, naar vi blot véd, alt bliver gjort.

Han stod atter lidt, og aandsfraværende, mens han gav Konferentsraaden Haanden, sagde han:

-Naturligvis bliver det nok bedre.

Da Konferentsraaden tog i Sygebesøg, gik han op til Ellen. Han traf hende ved Flygelet, Hun havde lige faaet sin anden Indsprøitning.

-God Dag, Konferentsraad, sagde hun og rakte ham Haanden med et Smil. Er der nogen, som har haft Bud efter Dem?

-Gud ske Lov—nei ... Men jeg kørte her forbi og vilde saa sé herop. Smerterne i Fingrene er jo meget bedre?

-Ja—Konferentsraad—heldigvis lidt bedre.

-Hvorledes gaar det med Indsprøitningerne? sagde han og strøg Kniplingerne bort fra hendes Arm, Smerter Stikkene?

-Ganske lidt ... men det er ikke noget at tale om ...

Konferentsraaden betragtede Armen: Vi maa snart sé at holde op med at pine Deres smukke Arm, sagde han.

De talte om Dit og Dat og Konferentsraaden tog bort.

Den næste Morgen kom han selv for at give Ellen den første Dosis.

Hun havde sovet tungt den sidste Del af Natten, og hun var badet i Sved. Hun slog Øjnene op og saa Konferensraaden. Mistænksom sagde hun: Er det Dem? Er Deres Ammanuinsis syg? og reiste sig besværligt op i Sengen.

-Nei, Deres Naade ... men vi vil forsøge at formindske Deres Dosis ganske lidt.
Ellen saa hurtigt paa ham: Men mine stakkels Fingre, sagde hun. Skal de nu igen til at gøre ondt? Hun smilede og rakte ham Hænderne.
-Aa, Deres Naade—Konferentsraaden tog ikke Øinene fra hende —De vil ikke mærke det—saa lille en Formindskelse.
Blikket gled bort: Naar det ikke kan være andet, sagde hun. Og hun betragtede igen sine Hænder og smilede: Mine stakkels Fingre, Konferentsraad. De er uden Barmhjertighed.
-Hvor kan De sige det?—
-Nu kommer jeg igen iaften.
Hun led frygteligt om Dagen. Angsten kvalte hende. Hun lagde sig igen til Sengs og jamrede under Tæpperne. Og hun stod atter op og kunde ikke blive noget Steds, og hun kastede sig ned over Stolene og hulkede hysterisk.
Hun følte en rasende Hunger efter Morfinen. Hun skrev med rystende Hænder et bønfaldende Brev til Konferentsraaden; kunde ikke læse sine egne Ord og smed sig i vanvittig Fortvivlelse ned paa Tæppet.
Hun vilde ingen sé. Hun sendte ogsaa sin Kammerjomfru bort. Alle Nerver smertede som stukne.
Carl bad om at maatte komme ind. Han er saa angst for Deres Naade, sagde Kammerjomfruen.

Ellen løftede Hovedet fra Stolen, hvor hun laa. Hendes Ansigt var rødt af Graad: Er han angst for mig, spurgte hun.
Grev Carl har holdt sig inde hele Dagen sagde Jomfruen—han har siddet paa sit Værelse og har ikke turdet gaa ud ... Han er helt medtaget ...
Der kom et Skær af Smil over Ellens Ansigt: Stakkel, sagde hun— har ban været saa angst? Hun forsøgte at reise sig, og hun støttede sig til Stolen.
-Ja—han kan komme om lidt.
Hun kunde næppe gaa, Benene rystede under hende. Men hun slæbte sig ind i sit Sovekammer, vaskede Graaden bort af sit

Ansigt, pudrede sig og vendte tilbage.

-Slaa Gardinerne for, sagde hun. Lyset skærer mig i Øinene.

Carl kom ind. Han saa hende ikke strax i Krogen, hvor hun sad.

-Her er jeg, sagde hun—kan De ikke finde mig?

Hun tørrede sin fugtige Haand og rakte ham den: Hvorfor har De ikke været ude at ride, spurgte hun.

-Naar De er syg? Hun følte, hans Haand ryste i sin, og hendes Blik søgte hans Ansigt i Mørket.

-Aa, sagde hun mildt, det er ikke saa slemt.

Hun sagde endnu nogle Ord, mens hun blev ved at sé paa ham. Saa overvældede Smerterne hende paany, og hun slap hans Haand: Men jeg er meget træt, sagde hun ... Vi ses ...

Og hun gav ham Tegn til at gaa.

Hun dækkede Ansigtet med sine Hænder og sad længe stille: Nei, sagde hun, han skal aldrig sé mig nedværdiget. Og hun led Smerterne taus, udstrakt paa Chaiselonguen, med lukkede Øine.

Om Aftenen kom Konferentsraaden; hun slog Øinene op af et kort Blund: Er det Dem, sagde hun.

-Naa, har det været meget slemt?

-Ja—Ellen reiste sig—det har gjort ondt, sagde hun. Men De havde Ret, det var paa Tiden at holde op ...

—Ellen fik ikke mere Morfin.

Alle Smerterne vendte tilbage, og hun blev magrere og magrere Dag for Dag. Hun blev sky og holdt sig inde, hun vilde ingen sé og ikke tale med nogen. Lange søvnløse Nætter vandrede hun op og ned ad sit Gulv og kunde ikke finde Ro.

Pludselig kunde hendes tungsindige og dybe Fortvivlelse slaa over i Kaadhed, og hun blev rig paa støiende Luner. Hun elskede at tale dobbelttydigt, i Gaader, kun hun forstod, og hun saarede Carl med bitre og haanske Ord, og hun tilspidsede sin egen Ulykke i raffinerede Lidelser.

En Dag, da hun og Carl red sammen, streifede en Gren lidt haardt hendes Kind. Der blev et fint rødt Mærke paa Huden.

Ellen sad før Middag foran Kaminen, da Carl kom ind. Han lagde sig knælende paa Stolen foran Ilden, mens de talte med hinanden.

-Det gør virkelig ondt, sagde Ellen og lagde det kolde Armbaand op mod Mærket af Grenen ... Det svi'er.

-Har De stødt Dem?

-Nei—det var paa Turen ... en Gren, der slog mod min Kind. Er der noget at sé?

Carl bøiede sig frem og betragtede Kinden: Ja der er et Mærke, sagde han, og idet han berørte den røde Plet med sine Læber, sagde han: Den stakkels Kind.

Om Aftenen stod Ellen ved Flygelet i Skæret fra Lysene, da Urne kom ind til hende.

-Tager Du paa Koncert, spurgte han.

-Ja—og Du?

-Følger med, min Ven—

Hun nikkede til Tak. Hvad er det for et Mærke, Du har paa din Kind; spurgte han.

Aa—af en Gren, sagde hun. Hun slog

Øinene op og smilede. Skælvende følte hun, at han fristedes af Grenens Mærke og umærkeligt bøiede hun Kinden frem. Som han kyssede.

Ellen opsøgte Sindsbevægelser; hendes Voldsomhed kendte ikke mere Maal.

En Dag red hun med Carl gennem Dyrehaven.

Vinden løste hendes Slør, saa det lagde sig halvt om Carl Urnes Hals.

-Jeg beholder det, sagde han.

Ellen løste det, slyngede det sammen under Hagen: Ja, sagde hun, hvis De griber det. Hun vendte Hesten, og mens hun jog den op med et pludselig Pidskeslag, satte hun over den snedække Grøft.

-Følg mig, raabte hun, vi vil lege Tagfat. Og begge jog ind mellem Stammerne.

... Sneen slog op under Hovene—Dyrene gled over Rødderne.

Hestene mødtes og steilede, slog deres Krop imod Stammerne reiste sig høit under Slagene.

-Ellen—hold inde, jeg be'er Dem—

Dyrene stødte med Bugene—Fraaden stod dem om Bidslerne—

-Ellen—hold inde ...

Men ud og ind mellem Stammerne—Ellens løftede Pidsk hvinede ned over Dyrene—

Nok et Pidskeslag—nok et—

Ned over Snuderne suste det ...

Saa kastede hun sin Pidsk og holdt an: Var De bange? sagde hun. Hvilket Ridt.

Carl sad bleg. Hvor De sér forskrækket ud, hun lo: Er De angst for
Deres Liv?

Hun klappede sit Dyr paa Bringen, gav det Sukker og sagde: Hent
min Pidsk. Den laa et Par Alen derfra i Sneen.

Carl stod af uden at tale og hentede Pidsken. Ellen saa efter ham.
Og da han kom tilbage og rakte hende den, sagde hun:
-Carl—De er angst for mig?
Han bed Læberne sammen: Der er Deres Pidsk, sagde han. Skal vi
saa ride hjem.
De red langsomt ved Siden af hinanden paa de stønnende Dyr. Da
de kom ud paa Veien, sagde Ellen:
-Carl—jeg skal ikke oftere gøre Dem forskrækket ...
Det siger De, sagde han.
Og ingen af dem vekslede mere noget Ord paa den lange Vei.
Efter saadanne Scener var Ellen dobbelt fortvivlet. Hun begyndte
at drikke igen, især om Aftenen for at forjage Søvnløsheden, der
martrede hende, men hun følte ofte Væmmelse for Vinen. Lægen
gav hende Kloral for at sove, og hun laa kun Natten igennem og
talte høit med fremmede Stemmer, som raabte i hendes Øre.
Til Tider frygtede hun for sin Fornuft. Hun kunde ikke holde fast
paa nogen enkelt Idé, men hendes Hjerne var fuld af springske og
usammenhængende Tanker ligesom en Fluesværm. Hun fik en
mekanisk Bevægelse med Hænderne omkring Tindingerne som for
at presse paa Tankerne, der flygtede. Hendes Blik var stirrende og
glasagtigt.
Smerterne og Morfinhungeren fortærede hende.
Hun tænkte paa at berøve sig Livet. En Dag, hun tilfældig var
oppe paa Loftet, fik hun Øie paa en Jernkrog i en lav Bjælke. Der
stod en Stige tæt op dertil. Hun gik op ad Stigen og prøvede Høiden
indtil Krogen.
Hun gjorde det flere Gange, maalte i Tankerne og beregnede sin
Afstand fra Gulvet, naar hun slap Stigen.
-Ja, sagde hun, her kunde det ske.
Flere Timer tænkte hun kun paa denne Krog. Men saa blev hun
ængstelig for at blive altfor hæslig i Døden—naar de kom for at
skære hende ned.
Naar hun kørte langs med Sundet, fristede Bølgerne hende, saa
hun blev svimmel. Hun skrev tit i Tankerne de to Breve, hun vilde

skrive til Afsked. Det lettede hende.

Men naar Brevene var skrevet mange Gange i Hovedet, var Beslutningen allerede blevet en Fantasi, der bare lindrede hende, saa længe, indtil Smerterne vakte hende igen.

Undertiden greb Morfinhungeren hende i Theatret med uimodstaaeligt Raseri. Hun blev siddende, med sammenbidte Læber og rystende over hele Kroppen, for at hun ikke skulde forskrække Carl, der sad ved Siden af hende.

Thi midt under alle sine Lidelser forfulgtes hun af en Tanke som af en Bremse: Carl var bange for hende; hun indjog ham Skræk. Ofte, naar de sad sammen i Theatret, følte hun fra Siden hans Blik sky forskende paa sig, og naar hun kom hjem, forfulgte dette Blik hende.

-Han tror, jeg er gal, sagde hun. Han frygter for min Forstand.

Men altid forskrækkede hun ham paany.

En Dag i Begyndelsen af Foraaret var Urnes til Middag hos Grev Rosenkrands. Om Aftenen spillede man Halvtolv.

Man satte fem og tyve Øre ud. Bernstorf holdt Bank.

Ellen havde bedt sig fri for at spille med, hun sad lidt, fra Bordet, Morfinlængslen pinte hende.

Uden at tænke paa de andre, begyndte hun at gaa frem og tilbage paa Gulvet mellem Vinduerne.

Grevinde Rosenkrands saa, at hun var meget bleg, og reiste sig: De har det vist ikke godt, sagde hun.

-Aa—tak—det er kun lidt Tandpine.

Hun gik nærmere til Bordet og betragtede Spillet. Det evindelige:
-Køber De.
-For hvormeget?

Irriterede hende, mens hun led.

Bernstorf saa op fra Kortene. Hvorfor spiller De ikke, Grevinde Urne, spurgte han.

-Jeg har Tandpine, sagde hun.

-Aa—den gaar over ved Spænding ... Skal vi to spille?

-Om hvad?

-Saameget De vil. 10 Kroner.

Ellen tog sin Portemonnæ op: Ja, sagde hun, hvis det kan more Dem.

Hun blev staaende bagved. Den lille Komtesse Rosenkrands modtog hendes Kort: Køb, sagde hun.

Bernstorf gav et Kort. Igen, sagde hun. Hun fik endnu et Kort og havde tabt.

Hun blev ved at holde ti Kroner og tabte. De andre var hørt op at spille, sad lidt tause i Kredsen rundtom.

Hun vandt.

-Bliver De ved? Bernstorf blandede Kort.

-Ja, med halvtreds. Hun traadte hen til Bordet, blev staaende og holdt selv Kortene.

Hun tabte; og vandt og tabte.

-Mer—Mer—hun havde atter tabt.

Baronesse Rosenkrands reiste sig og lagde Armen om hendes Liv.

-De ruinérer Dem, sagde hun.

Ellen hørte ikke.

En Gang endnu. Det er spændende.

-Mer. Hun tabte.

-Mer.

Hun spillede omkap med Hungren.

-Mer, sagde hun. Mer. Hun havde atter tabt. Hun rystede sin Portemonnæ, den var tom. Lad os holde op, sagde Bernstorf.

-Nei. Hvorfor. Hun smøg et Armbaand af sin Arm: Dér, sagde hun. Tag det for 100.

Der blev ganske stille, ingen sagde et Ord. Baronesse Rosenkrands tog sin Arm bort fra Ellens Liv.

-Giv.

Hun fik Kortet.

-Jeg køber. Bernstorf gav et Kort lidt forfjamsket; saa ét endnu.

-Et til.

Ellen vendte Kortene: Tabt.

Hun saa over paa Bernstorf og følte Tausheden om sig, og søgte Carl.

-Ja—han sad der angst.

Og pludselig betvang hun sig, og idet hun rakte Kortet med Armbaandet frem imod Carl, sagde hun:

-Carl—indløs mine Jettons.

Den Nat lukkede hun ikke et Øie. Ud paa Morgenen slog hun Lagenet bort, hvori hun havde gemt sit Ansigt, og hun satte sig op i Sengen.

-Ja—sagde hun. Det kan ikke være andet.

Og hun begyndte at tænke paa, hvorledes hun skulde skaffe sig Morfin. Hun havde mange Planer—vilde bestikke en Læge, skaffe sig Vædsken fra Apotekeren paa deres Gods ... Men hun forkastede det. Hun vilde ikke have Medvidere.

-De vilde forraade mig. Hun følte det som en Forbrydelse.

-Nei—jeg maa finde paa Udveie.

Hun blev pludselig opfindsom, hun havde tusind Planer. Og Hungersmerterne holdt inde, mens hun overveiede, ligesom en Tand, der hører op at smerte, naar man tænker paa Tandlægen.

Hun blev livlig, hun søgte, prøvede. Saa med et saa hun et bestemt Ansigt for sig, en rig Grossererfrue, for hvem hun var præsenteret.

Hun havde siden truffet hende i Selskab: Hun er Morfinist, havde hun sagt. Hun havde strax set det paa de nervøse Bevægelser, paa Blikket; i Aftenens Løb saa de ofte paa hinanden.

Ellen gjenkaldte sig atter hendes Ansigt, Træk for Træk, Blikket, Farven, Maaden at tale paa: Ja—sagde hun—hun er Morfinist. Jeg vil spørge hende.

Hungeren drev hende, skød alle Indvendinger til Side. Natten gik, og Dagen var hende uendelig lang. Hun havde bestemt sig til at tage hen til Etatsraaden i Gothersgade Klokken et efter Frokost, men Klokken elleve lod hun spænde for: Hun vilde besørge nogle Ærinder først og spise Frokost hos en Konditor.

Men da hun kom ned i Vognen, sagde hun strax: Gothersgade. Hun kunde ikke vente. Men da de bøiede ud paa Kongens Nytorv, blev hun greben af en pludselig Skræk, hun kunde ikke køre derhen og vilde opsætte.

-Larsen, raabte hun. Kør til Richardt. Hun stod ud, bestilte et Par Kager og et Glas Portvin. Og da det kom, gik hun uden at have rørt det, steg ind i Vognen igen og kørte til Gothersgade. Hun rystede som af Kulde.

Hun følte ikke sit Hjertes Slag, da hun ringede paa Porten og gik op ad Trappen. Hun var stakaandet, saa hun neppe kunde tale, da hun rakte Tjeneren sit Kort.

-Sig Etatsraadinden, at det haster.

Hun blev vist ind i en stor Dagligstue, og man bad hende vente. Hun var ligbleg og skælvede: Hvis jeg har taget Feil, sagde hun.

Pludselig støiede Etatsraadinden frem under Portièren.
Hun hilste familiært som paa en ventet Gæst. Ellen blev
forbauset, lettet. Men saa slog det hende.

—Det er, fordi vi er medskyldige; og hun rødmede forvirret.
De talte lidt om ligegyldige Ting, anstrængte sig begge.
Etatsraadinden saa uafbrudt paa hende, med et Smil.

-Hvor hun er fræk, sagde Ellen.
Saa gjorde Etatsraadinden en Bevægelse, som for at rykke hende
nærmere. Men De sér saa daarlig ud sagde hun og strakte Haanden
ud.

Ellen tog Hænderne til sig, som havde hun faaet noget slimet
mellem Fingrene: Tak, sagde hun og gyste let, jeg er meget vel. Og
hun reiste sig, Etatsraadinden saa hende ind i Ansigtet: Foraaret er
dog saa slem en Tid for—Nervøsitet, sagde hun.
Ellen oprørtes. Og pludselig gav Sindsbevægelsen hende
Besindelsen tilbage. Hun fandt et Paaskud for sin Visit.
Hun tog sin Muffe og med et helt rolig, sagde hun:
-Grunden til mit Besøg er egenlig en Velgørenhedssag ... Jeg vilde
bede Dem tegne mig for femhundrede Kroner til de fordrevne
Jøder fra Rusland.

Hun betragtede Etatsraadinden, der blev forvirret, og hun sagde
igen:
-Deres stakkels Trosfæller, som maa lide saa meget.
-Ja, sagde Etatsraadinden, De lider meget. Der blev en Taushed.
Saa tog Ellen Afsked.
Hun kørte hjem. Men ved Middagsbordet fik hun ondt og maatte
gaa. Hun kæmpede med Hungeren to Timer: gik op og ned paa sit
Gulv, brækkede sine Negle ved at slide i Stolene, hvor hun kastede
sig.
Saa overmandedes hun.
Hun slog et Sjal om sig, og ad Bagporten gik hun ud paa Gaden:
Det var strømmende Regn og Blæst. Uden at sé tilhøire eller
venstre løb hun langs Husene lige til Etatsraadindens Port.
Hun ringede. Tjeneren lukkede op. Han saa paa hende, Vandet
drev af hendes Klæder.
-Hvem vil De tale med, sagde han.
Hun tog det vaade Slør bort fra sit Ansigt: Det er Grevinde Urne,
sagde hun. Er Etatsraadinden hjemme. Og hun gik ham hastigt
forbi ind i Gangen.

Tjeneren pegede paa en Dør: Etatsraadinden er alene hjemme, sagde han.

Jeg skal melde Dem.

Men Ellen aabnede Døren og gik ind; hun saa Etatsraadinden reise sig fra en Sofa, og uden at hilse, lige hen mod hende, sagde hun, med Hænderne mod sit Bryst:

-Nei, nei, jeg kan ikke længer—hjælp mig ...

Ordene løste for Graaden, og svimmel, borte i en Hulken, der rystede hende, faldt hun ned i en Stol.

Hun hørte Etatsraadindens Stemme, der sagde:

-Hvorfor dog? hvorfor dog—Det er ikke saa slemt, og hun løftede Hovedet forvirret; hun havde næsten glemt, hvor hun var.

Tilgiv—tilgiv, mumlede hun.

Hun fik et nyt Anfald af slimet Væmmelse ved at føle Etatsraadindens bløde Hænder paa sig, og hun drog sig bort fra hendes Kærtegn.

Etatsraadinden sagde: Stakkel, stakkels Barn—De har lidt meget.

Der blev en Taushed, og Ellen sagde: Hvor De maa være forbauset over, at jeg kom.

Etatsraadinden tog igen hendes Hænder, smilede og sagde: Jeg vidste jo, De vilde komme.

-Vidste De?

-Ja—og atter den bløde Haand—jeg kunde jo se det.

Ellen brød ud i en ny Hulken og kastede sig i Stolen. Er Smerterne saa haarde? Etatsraadinden reiste sig: Stakkel—Stakkel—men nu er det jo forbi ...

Ellen svarede ikke og blev ved at kaste sig i Fortvivlelse. Hun hørte Etatsraadinden gaa over Gulvet og saa sig om: Ja—hun var gaaet.

Hun havde en ny Lyst til at løbe, men sløv blev hun liggende, til Etatsraadinden kom igen.

-Her, sagde hun. Jeg er altid beredt paa at kunne hjælpe en anden. Og hun rakte hende en Flakon og en Pakke.

-De kender jo Brugen?

-Ja. Jeg kender det.

Etatsraaden beholdt hendes Hænder i sine:

Skal jeg dog ikke hjælpe Dem første Gang? sagde hun.

Ellen saa sky paa hende: Tak, sagde hun og kunde neppe tale, jeg vil heller selv—hvis jeg maa.

Hun gemte Flakonen. Tak, sagde hun, saa vil jeg gaa.

Hun kørte i en Droske til Gadehjørnet ved Palæet. Hun kunde ikke være gaaet, saadan rystede hun. Hun sneg sig ind gennem Bagporten og op i sit Boudoir. Men hun forlod det igen, fordi der ikke var Døre, og hun gik ind i Sovekammeret. Hun laasede af, og slog Portièren ned. Hendes Hænder skælvede, saa hun knap fik Pakken løst og Sprøiten ud, i sin nervøse Hast.

Hun fyldte den indtil seks Centigram, spildte lidt og tog Ærmet tilside.

Tænderne klaprede i hendes Mund.

Hun holdt Sprøiten ned mod sin Arm og forsøgte at stikke.

Men Sveden sprang frem og væmmelig ved at lemlæste sig selv, slap hun Sprøiten.

Hun blev svimmel, gik hen over Gulvet og lagde sig paa sin Seng.

Indtil hun pludselig reiste sig igen, gik hen foran Speilet og hastig gød Vædsken ind under sin Arm.

VI.

—Sacrebleu—la beautè du diable! Den nye Attaché fæstede Kikkerten paa Ellen Urne, der kom frem fra Logetrappen:— *Magnifique*, sagde han, *magnifique—la comtesse.*

Og da hun gik langs med Logeranden fulgt af Carl, sagde han stadig med
Kikkerten for Øinene:

-Le jeune homme? C'est l'amant?

Bernstorf lo: *Mon ami—c'est le fils*, sagde han.

Franskmanden blev ved at betragte Ellen, mens hun tog Plads.

-Mais—vraiment—voilà une reine.

Stemmerne døde hen i Hyl fra Klovnerne, der knuste Svineblærer ved at kaste sig paa Jorden.

Ellen slog sit Slør op og mønstrede Logerne. Hun hilste paa et Par Bekendte, Carl og hun lo ad Grevinde Petersdorf, hvis Ansigt skinnede under en gul Hat med tre uhyre Strudsfjer: Kanehesten er mødt, sagde Carl.

-Carl brug dog ikke Øgenavne her.

En Jonglør producerede sig paa Staaltraadsline, efter ham kom et dresseret Svin.

Det hylede og skreg, mens det listede mat gennem et Par Tøndebaand i Manegen. Publikum hvinede vildt af Henrykkelse: Carl, De vælter Cirkus, naar De kaster Dem saadan paa Stolen—le dog ikke saa voldsomt.

-Aa—a—men sé dog Dyret, sé dog!

-Sé heller paa Grevinde Petersdorf—hun er coquelicot af Raseri paa Grisens Vegne ... Men hun er ogsaa Vicepræsident i Selskabet til Dyrenes Beskyttelse ...

Folk trampede og klaskede i Hænderne af Jubel: Svinet stod paa Bagbenene med Nathue om Ørene.

Men sé dog, sé dog Dyret, raabte Carl.

Ellen var træt af at le og saa paa Programmet: Det næste er en Debut, sagde hun. Mlle. Konstance, storartet Ridt i den høie Skole ...

* * * * *

Grisen var ude: alle Staldmestrene *en haie* foran Indgangen. Orkestret satte i med et langt Forspil, mens alle saa mod det røde Indgangsdraperi.

Det bliver høitideligt, sagde Ellen. Vi skal forberedes.

Tæppet raslede i sine Ringe: Mlle. Konstance red ind.

-Nei—hvor hun er smuk. Carl og Ellen sagde det paa samme Tid. Saa tog Ellen Kikkerten bort, satte den atter for og blev rød: Hun vilde have troet, det var hende selv, der red.

-Ja, Ligheden var forbausende.

Hun følte en Beundring, mens hun betragtede sin egen Skønhed hos en anden.

Pludselig vendte hun sig for at sé paa Carl. Han sad med Kikkerten klistret til sine Øine:

-Det er en deilig Hest, sagde hun.

Han hørte det ikke, fulgte Ryttersken i hver Bevægelse og dreiede Hovedet for ikke at gaa glip af noget.

Ellen blev rød paa ny. Hun søgte om noget at sige: Er det ikke det sidste Numer i Afdelingen? spurgte hun.

-Ja—hun er henrivende, sagde Carl og blev ved at sé i Kikkerten.

Endelig var Numret forbi.

Carl satte Kikkerten fra sig og reiste sig strax: Kan De sidde alene? spurgte han. Jeg gaar ned i Stalden.

-Naturligvis.

-Tak. Og han gik hurtigt.

Under Pausen kom Bernstorf over for at presentere den nye Attaché.

-Hr. Zimonys, sagde han, Hr. de Vilsacs Efterfølger.

Ellen bøiede Hovedet til Hilsen: Hvorledes har Vilsac det? spurgte hun. Det er noget siden, jeg hørte fra ham—Jeg satte saa megen pris pas ham.

-Ja—Han var meget elskværdig—Fru Grevinde. Desværre … derfor—han har skudt sig iforgaars.

Ellen kom til at ryste. Forvirret sagde hun: Skudt sig—gode Gud, og greb om Logeranden. Hvorledes er det dog gaaet til?

-Vi fik kun imorges Telegram derom. Han blev fundet i et Krat ved Byporten med en Revolver ved Siden af sig. Han havde lidt urimeligt af Melankoli al den Tid, han havde været i München. Det er meget sørgeligt.

Han gav sig til at tale om andre Ting. Ellen sad bleg. Med ét sagde hun:

-Naar sagde De, han var død?

Franskmanden huskede ikke strax: Død?—naa—iforgaars.

Ellen sukkede; og med det samme stive Ansigt sagde hun:

-Han var modig—Pausen var forbi, og Herrerne gik. Carl kom op, munter og rød i Kinderne: Har de mange smukke Heste? spurgte Ellen.

-Deres Heste…? Ja—de har mange, og hans Kikkert søgte op mod Amfitheatret.

Ellen hørte Publikums Bifald som en fjern Larm, hun blev svimmel af at sé Hestene, der fór rundt bag en let Taage for hendes Øine.

-Jeg er ikke vel, sagde hun, tror De, Vognen er kommen?

Carl gik ud for at sé ad. Lidt efter tog de hjem.

Carl var meget snaksom, ophidset, fuld af springende Indfald: Man skulde tro, De havde drukket lidt, sagde Ellen. Carl lo. Han sad tæt op ad hende i Vognen og kærtegnede hendes Haand. Den sidste Del af Veien talte ingen af dem.

De gik ind i Ellens Kabinet og satte sig i Krogen under Palmerne. Samtalen gik trægt. Ellen var distræt; Carl sad og stirrede uafbrudt paa hendes Ansigt.

Saa lige med et sagde han, og blev ved at sé paa hende: Jeg kyssede Skoleryttersken.

Ellen saa paa ham: Hvad si'er De?

-Ja—lige paa Munden.

-Men Gud, Carl—hvor kunde De dog ... Hvor foregik det?

-Hun stod paa Trappen—lige ved Stalden—saa tog jeg hende om Livet og kyssede hende ...

Begges Kinder brændte; hans Blik blev ved at hvile paa hende.

Ellen lo stakaandet: Og hun tog det ganske roligt, sagde hun.

Hun taug, alt stemmede op i hendes Bryst; svimmel følte hun Fristelsen til at falde ned mod hans Skuldre.

Og han sagde endelig: Hun lignede Dem.

Han sank i Knæ: Men De er smukkere.

Ellens Hjærteslag standsede. I et eneste Nu af Jubel slog hun Øinene op og sugede hans Billed til sig i beruset Elskov. Hendes Blik gav Flammer.

Saa skød hun ham bort med en uhyre Forsagelse:

-Husk, jeg er ikke rask, sagde hun. Sid mig ikke saa nær, min Ven ...

De talte længe ikke. Ellen fornam en dyb Træthed, næsten som en Besvimelse. Og efter en lang Taushed sagde Carl med Blikket paa hendes Ansigt:

-Hun havde Vilsacs Billede i sin Medaillon.

-Vilsacs?

-Ja—jeg saa det ganske tydeligt, da Medaillonen vendte sig.

Ellen følte en kold Bleghed over sit Ansigt, og hendes aabnede Mund lukkede sig igen. Og i et Nu faldt en Sætning hende ind, den døde Vilsac en Gang havde sagt, mens han sad her ved Siden af hende:

-Sér De, jeg tror altid, der er et Øieblik, hvor Skæbnens Vogn ruller over os.

Hun hørte hans Stemme, saa ham ...

-Ja—Skæbnens Vogn.

Hun reiste sig vaklende, og hun støttede sig til Kaminen.

Carl blev siddende, og med Ryggen til ham sagde hun:

-Vilsac er død ...

-Vilsac? Men hvor har De hørt det?

-Af Hr. Zimonys—i aften—

Carl kom hen til Kaminen: Af hvad er han død? sagde han, saa pludselig!

Ellen stønnede let: Han har skudt sig, sagde hun.

-Hvor er det skét?

-I München.

Hun hørte Urets febrilske Dikken, og støttede sit Hoved i begge Hænder.

Saa sagde Carl: Jeg vidste godt, han elskede Dem.

Hun svarede ikke. Han satte sig hen ved Lampen, bøiet og ubevægelig; stjaalent saa hun paa ham.

Og da det havde været saadan længe, reiste han sig og sagde sagte, uden at sé paa hende: Godnat. Du ved, jeg skal imorgen tidlig til Ringsted til Jagt.

Og gik.

Hun fór hen til Portièren og lyttede efter hans Skridt. Hun vilde have kaldt ham tilbage. Men saa førte hun Lommetørklædet op mod sin Mund og holdt det fast til sine Læber:

-Nei—jeg skal ikke sé ham mer.

Hun satte sig, en Rystelse greb hendes Legeme. Hun faldt sammen og samlede ikke mer sine Tanker. Tilsidst sagde hun: Jeg vil tage en Indsprøitning.

Hun stod op og gik ind i Sovekamret. Besindelsen kom tilbage med Morfinen.

-Ja—hun maatte bort. Og strax.

Som naar ved et Dødsfald Ligets Røgt giver Huset travlt, fik hendes Tanker nok at tage vare: Reisepaaskud, Opbrud.— Foreløbig kunde hun tage paa Landet, til Urnesgave. Hendes Sygdom var Grunde nok ... Og Carl skulde naturligvis blive, det var Synd at berøve ham noget af Sæsonen, der stod tilbage.

Saa—siden ... De kunde reise i Udlandet ... man fandt paa Raad, man fandt paa Raad ...

Hvor hendes Tanker pludselig var klare. Det slog hende selv.

Aa—ja—det galdt at have Mod, blot at have Mod—saa kom det andet ...

Og der var jo ikke saa længe til, man kunde tænke paa at faa— ham gift.

-Gift.

Hun blev ved at holde paa denne Tanke, og hun begyndte at søge om en Brud til ham mellem dem, de kendte. Men hun fandt ingen. Og hun faldt hen i vage og vemodige Drømmerier om den Lykke, de da skulde nyde—om mange Aar, naar de alle var blevet ældre.

Indtil hun vaagnede ved at Tjeneren bragte Theen ind.

-Er Greven hjemme? spurgte hun.

-Ja. Hans Eksellence kommer ind at drikke Thé.

-Tak.

Ellen reiste sig og holdt et Øieblik Hænderne for Øinene. Smerten, hun havde betvunget, steg kvælende op i hendes Hals. Men det maa, sagde hun. Hun hørte Urnes Trin—vendte sig og modtog ham med et Smil:

-God Aften, min Ven.

-God Aften—er I allerede hjemme fra Cirkus?

-Ja—vi tog hjem—jeg var ikke vel.

-Igen ikke vel? Det er virkelig ængsteligt, Ellen ...

-Aa, min Ven—det er kun Træthed—hun rakte ham Theen—jeg kan ikke mer beherske mig. Jeg er altfor nervøs ...

-Det er ogsaa derfor, jeg vilde bede Dig, om jeg ikke maatte tage hjem til Urnesgave.

-Vi tager jo alle hjem om tre Uger—efter Hans Majestæts Fødselsdag ...

-Ja—men ... jeg er bange, jeg ikke holder ud saa længe—den nervøse

Graad brød frem bag hendes Smil.—Der er endnu saa mange Fester tilbage

... Du kunde følge mig hjem imorgen Aften og saa vende tilbage—saa havde jeg tre Uger helt i Ro ...

Hun gik hen imod ham og lagde Armene om hans Hals: Du sér selv, hvor nervøs jeg er, sagde hun, Taarerne løb ned ad hendes Kinder.

-Men—den ottende, min Ven, det vil gøre Hans Majestæt ondt ...

-Jeg skal skrive til Hendes Majestæt ... Hun vil godt kunne forstaa det.

Hun slap ham og tørrede Taarerne bort af sit Ansigt.

-Og saa bliver du og Carl her jo, sagde hun.

-Ja—der er jo intet i Veien—men allerede imorgen ...

-Det vil skaane mig for Besøg og Visiter—ikke sandt, saa bli'er det imorgen? Tak Urne—du er saa god. Hun lænede sig atter til ham og løftede Ansigtet op imod hans:

-Ja, sagde hun, det vil gøre mig godt at komme til Ro.

Urne klappede hendes Kinder:

-Ja—naar Du blot kunde blive rigtig rask igen, sagde han. Jeg længes—han strøg hendes Kind—længes derefter ...

Han saa ned paa hendes Ansigt, ømt.

-Ja, sagde hun og slap ham, rød,—naar jeg blot kommer bort.

Hun talte om adskillige Ting ved Reisen, alt mildt og dæmpet. Saa sagde hun:

-Bli'er du vred, om jeg be'er dig gaa? Jeg er saa træt.

-Nei—gaa til Ro. Du trænger til det ... Jeg gaar en Timestid hen i Klubben ... God Nat, min Ven. Han kyssede hende paa Kinden og gik.

* * * * *

Saa var det altsaa forbi: Han havde sagt Ja. De skulde bort.

En grusom Smerte greb hende.

Og det stilnede igen, og hun løftede Ansigtet og saa sig om fra Plet til Plet.

Hun mindedes den første Aften, Urne havde talt om Carl—Der havde hun siddet med hans Billede i sin Haand—saa længe.

Hun tog Medaillonen frem fra sit Bryst, og hendes fugtige Øine kunde ikke sé hans Træk, som hun bedækkede med sine Kys ...

Det var forbi.

Og han skulde aldrig mer sidde her hos hende, og aldrig skulde hun føle hans Hænder skælve i sine, og aldrig mer hans Læber mod sine, og aldrig skulde han hvidske med sin bløde Stemme, som hun elskede:

-Hvor De er god!

Og lægge sig ind til hendes Bryst.

Aldrig mer.

Han skulde ikke mer løfte et Blik mod hendes Ansigt, og aldrig skulde hendes Kinder fornemme hans Aandepusts Varme.

Hun kastede sig ned over Stolen og hun græd, og hun tænkte paa Vilsac, der var død, fordi han elskede hende, og pludselig lo hun.

Saa latterligt var dog alting! For latterligt.

* * * * *

Hun lod Kammerpigen komme og bad hende løse hendes Haar. Hun sad stiv og lod hende handle med sig, som hun vilde. Hun betragtede sig i det store Speil, som hun sad med udslaaet Haar: Hvorfor skal jeg dog længer være smuk, sagde hun.

Hun vilde ikke mer møde Mændenes Øine, naar de hang ved hendes Skikkelse; hun vilde ikke høre deres forblommede Ord, der besudlede hende.

Nu maatte det være forbi.

Hun lod Kammerpigen gaa, og hun blev siddende i sin Stol i den hvide Peignoir.

Hvor der var stille—ikke en Lyd og helt ensomt. Saadan vilde det blive nu. Hun vilde have Ro om sig og ingen Mennesker og ingen Larm. Kun Ensomhed, Fred til at være ene. Menneskene vilde blive hende saa ligegyldige, alle ens og alle uden Værd, og saa vilde hun leve ene.

Og hun vilde kun have døde Ting om sig, som ikke bragte Smerte. Men atter slog Trøstesløsheden hende med Fortvivlelse, saa hun græd og atter blev hun sløv.

Det var Sjælens Dødskamp.

Hun vilde samle hans Billeder sammen og tage dem med—alle. Hun reiste sig, og hun gik ind i Dagligstuen, og hun tog Fotografierne ud af Albumerne og vendte tilbage med sin Skat.

Hun betragtede dem ved Lampen—ét for ét—kyssede dem og talte til dem med ømme og kærtegnende Ord:

-Nei, sagde hun, nei—Du vil ikke savne mig—og Du vil aldrig blive ulykkelig min Dreng som jeg, og der vil aldrig komme den Tid, hvor Du foragter mig. Vil Du altid huske mig—en Gang imellem huske mig—vil du?

Hun savnede et af Billederne, det sidste, der var taget helt nylig. Det var rigtigt—det sad i hans eget Album—oppe i hans Stue.

Hun følte en ubetvingelig Lyst til at hente det, til straks at eie alle Billederne. Hun saa paa Uret. Klokken var et. Han var naturligvis i Seng og sov, hun kunde gaa ind i hans Dagligstue uden at vække ham.

Hun bandt hurtigt sit Haar op, der var faldet ned, og hun tog Lysestagen, som stod paa Kaminen. Sagte sneg hun sig op ad Trappen og aabnede hans Dør.

Ja—Stuen var mørk.

Hun holdt Lyset op og betragtede Værelset længe. Hun saa paa hans Vaaben, der hang paa et Silketæppe paa Væggen, og paa hans Yndlingsplads bagved den aabne Reol. Hun tog Bogen, hvori han havde læst, og hun lod den flade Haand glide sagte hen over dens Blade.

Hendes Billede stod paa hans Bord.

Hun skælvede ved at høre en Støi paa Gangen, og hun tog Albumet,

Portrættet sad deri ... Hun tog det ud. Ved Siden af Albumet laa en Stump af en Cigaret. Han havde maaske glemt den der, da han gik i

Seng.
Hun tog den og gemte den.

Og med et følte hun en urimelig Længsel efter at sé ham—en Gang endnu.
Med Lyset i Haanden gik hun hen over Tæppet og lyttede ved Portièren til Sovekamret. Jo, hans Aande var regelmæssig og dyb; og hun løftede Portièren varsomt, og traadte ind.

Han havde kastet sig paa Sengen helt paaklædt.
Hun lagde først varsomt et Tæppe helt om ham. Saa løftede hun Lyset, skærmede for Skæret med den anden Haand, og betragtede ham.
Hans Hoved laa paa Siden—hans Mund smilede—
Hvor hun elskede ham!
Hendes Læber bevægede sig til et Par sagte Ord—Han rørte sig i Søvne og aabnede Læberne.
Saa rev hun sig løs.
Hun gik hastigt ud, ind gennem Dagligstuen, med Haanden for Lyset. Hun forskrækkedes ved Dørens Lyd, da hun aabnede den til Gangen, og hun gik ned ad Korridoren.
Hun skreg ikke, da hun saa Urne, der traadte til Side for hende. De stansede et Sekund, og de skiltes som to Skygger, der gled fra hinanden.

VII.

Solen brændte Plænerne paa Thorsholm. Og Thérosetræerne i Balustradernes Kummer udsendte i Strømme deres sarte Duft.
Heliotroper og Reseda blandede deres Vellugt i Vaserne.
Thi Vellugt elsker Grevinde Urnes syge Sans endnu.
Naar hun en enkelt Gang i Middagssolens Hede træder ud paa Terrassen, og sløv, indhyllet i en Kaabe, falder hen i sin evindelige Halvsøvn, mens den slappe Mund aabner sig i det magre, maskeagtige Ansigt—kan hun med ét mat strække sin udtærede Haand frem mod et Rosentræ, og hun plukker en Blomst. Hun indsuger længe dens Duft; og hun trykker dens Blade mod sine Øienlaag.
Hun aabner Øinene og støttende Hovedet paa sin Haand ser hun ud over Haven. Men de smaa Pupiller smerter, og Laagene sænker sig igen.

Indtil hun pludselig sky reiser sig og gaar ind. Hvor hun ligger Time efter Time hyllet i evig Døs.

Mekanisk strækker hun Armene op i Luften og gnider den ene mod den anden: Stikkene smerter hende. Og om Aftenen, naar alt er til Ro, sniger hun sig ofte ud og ned i Lindegangen, og hun mildner Armenes Smaasaar med den kølige Jord.

Hun tager Jorden op med den flade Haand og spreder den paa sin Arm. Hun drager et Suk—naar det linder.

Den halve Nat vandrer hun rundt i Haven—rundt, thi Søvnen vil ikke komme. Morgenklokkerne i Nørup finder hende vaagen og piner hendes syge Nerver.

Hun sender Bud til Præsten, om det er nødvendigt at lade ringe. Han forespørger hos Bispen. Og Klokkerne tier.

Men Grevinde Urne sover ikke.

Hun taaler ikke mere Lyden af Skridt over Gulvet. Kammerjomfruens Berøringer smerter hende.

Hendes lammede Tanker finder ikke længer Ord, og Sætningerne kom-mer usammenhængende og uden Følge. Hun søger om Benævnelser og finder dem ikke.

Og undertiden, naar hun spiller Kort med Kammerjomfruen—det hændes, hun lader hende vække om Nætterne—falder hun med ét hen i idiotisk Apati, hvor Ansigtet forstenes.

Saa Kammerjomfruen sidder skælvende, indtil Søvnen overvælder hende, og hun slumrer ind lige overfor sin Frue.

*****

Saaledes levede Grevinde Urne fra den Dag i Marts, hun med Greven var ankommen til Thorsholm.

De to havde intet Ord vekslet. Formiddagen efter hin Nat havde Greven sendt Bud, om Grevinden saa vilde være beredt til at tage til Thorsholm om Aftenen.

Hun havde forstaaet, hvad Forandringen af Reisen betød.

Da de i Nyborg gik over Broen til Dampskibet, var hun stanset et Sekund og havde betragtet den smalle Stribe af mørkt Vand.

-Kom, sagde Greven.

Og hun fulgte.

Greven blev to Dage paa Thorsholm. Ægtefællerne mødtes ved Maaltiderne.

Den sidste Dag sagde han:

-Jeg reiser iaften.

-Hvorhen? spurgte hun.

Og uden at sé paa hende sagde han;

-Bort.

Dermed skiltes de.

* * * * *

Og Tiden rinder. Mens Ellen Urne, ené paa sine Fædres Gaard, synker dybt og dybere i Morfinens Døs.

Also available from JiaHu Books:

Skipper Worse – Alexander Kielland
Sne – Alexander Kielland
Garman & Worse – Alexander Kielland
Novelletter – Alexander Kielland
Else – Alexander Kielland
Fortuna – Alexander Kielland
Nye Novelletter/To Novelletter Fra Danmark – Alexander
Kielland
Brand - Henrik Ibsen
Et Dukkhjem – Henrik Ibsen
(Norwegian/English Bilingual text also available)
Peer Gynt – Henrik Ibsen
Hærmændene på Helgeland – Henrik Ibsen
Fru Inger til Østråt -Henrik Ibsen
Gengangere – Henrik Ibsen
Catilina – Henrik Ibsen
De unges Forbund – Henrik Ibsen
Gildet på Solhaug - Henrik Ibsen
Kærligdehens Komedie - Henrik Ibsen
Synnøve Solbakken - Bjørnstjerne Bjørnson
Nils Holgerssons underbara resa genom Sverige - Selma Lagerlöf
Gösta Berlings Saga - Selma Lagerlöf
Den siste atenaren – Viktor Rydberg
Singoalla – Viktor Rydberg
Det går an - Carl Jonas Love Almqvist
Drottningens Juvelsmycke - Carl Jonas Love Almqvist
Röda rummet – August Strindberg
Fröken Julie/Fadren/Ett dromspel - August Strindberg
Egils Saga (Old Norse and Icelandic)
Brennu-Njáls saga (Icelandic)
Laxdæla Saga (Icelandic)
The Little Mermaid and Other Stories (Danish/English Texts) -
Hans-Christian Andersen
Die vlakte en andere gedigte (Afrikaans) - Jan F.E. Celliers

www.ingramcontent.com/pod-product-compliance
Lightning Source LLC
Chambersburg PA
CBHW051834170626
46807CB00003B/1180